痴漢されそうになっているS級美少女を助けたら隣の席の幼馴染だった

ケンノジ
Illustration フライ

痴漢されそうになっているS級美少女を助けたら隣の席の幼馴染だった

ケンノジ

GA文庫

カバー・口絵　本文イラスト
フライ

①　いつもの景色、見慣れない女の子

始業式の朝。

俺《おれ》はいつもの満員電車に揺られて通学していた。

新学年初日の朝から憂鬱《ゆううつ》な気分でいると、すぐそばに同学年の女子がいることがわかった。

彼女は周囲の邪魔にならないように、顔のすぐ近くで携帯を見て何か操作をしている。

俺の位置から顔はよく見えないけど、体つきは華奢《きゃしゃ》で長い髪の毛が綺麗《きれい》で、可愛《かわい》いんだろうなとなんとなく思った。

その子の周りには、大学生風の男やＯＬっぽいお姉さん、サラリーマンらしき男がいる。

毎朝同じ電車で通学しているとよく見る顔ってのがあるけど、そのサラリーマン風の男だけは違った。見慣れない人。

最近じゃ痴漢冤罪《えんざい》だのなんだのってニュースやＳＮＳで騒がれるから、男……とくにサラリーマンの方々は、鞄《かばん》は網棚、つり革を摑《つか》めるなら両手で摑まるって人が多い。

……でも、その男は違った。片手でつり革を握って、もう片方はよくわからない。

さっきまで携帯を操作していた女の子の指が、ぴたり、と止まった。

新生活、新学期、新学年、新しいことづくめの四月に、まさか、ねえ……。

なんか様子が変だな、と注意して見守っていると、女の子の持っている携帯が小刻みに揺れていた。電車が揺れているだけで、あんなにはならない。手が震えてるんじゃないか……？

俺よりも近くにいる大学生、サラリーマンと女の子の様子、なんかおかしくないか？

ＯＬさんでもいいんだけど……、ってダメだ。みんな携帯の画面しか見てない。

「…………て…………だ、……い……」

──今、ちっちゃい声がかすかに聞こえた。その女の子から。

俺だけ？　俺にだけ聞こえたのか？

すぐそばの人たちはイヤホンをしていた。あんなんじゃ、聞こえるわけもねえ。

俺の勘違いならそれでいい。

「すみません、すみません、ちょっと──」

ぐいぐい、と俺は満員電車の中を移動する。すげー目つきで睨《にら》まれたり、迷惑そうに眉《まゆ》をひそめたりされた。

女の子を背にするようにして、強引《ごういん》にサラリーマン風の男の間に割って入った。

さっきこの女の子が口にしたのは、「やめてください」じゃないだろうか。

見ず知らずの他人に、しかも大人に、いきなり何か言ったりできるほどの度胸は、俺にはない。

でも、何かを堪《こら》えるようにして震えて、拒否の意思を示した女の子を前にすれば、ビビリの俺でも、サラリーマンを見る目つきは、多少鋭くなる。

四〇代くらいの眼鏡《めがね》をかけた真面目《まじめ》そうなおっさんだった。

敵意を示すように睨むと、おっさんはひるんだように目をそむけた。

まもなく～、と車掌のアナウンスが聞こえた。

「な、なんだ、こっちを睨んで――」

「あの、やめてください」

関係ない俺が声を上げるだけでも、少し勇気が必要だった。それを思うと、さっきあの子が上げた拒否の声が、どれほど勇気を必要としたのか、察するに余りある。

ガタンゴトン、という物音がしていたけど、俺の声は周囲に聞こえたらしい。

「え――何、痴漢？」

あ、俺がされたみたいな感じになる⁉

「知り合いなんです。い、嫌がってるじゃないですか」

焦《あせ》りながら後ろを指差して、周囲の人に説明するようにおっさんに言った。

同じ学校の生徒なら、ざっくり知り合いって言ってもいいだろう。

顔がよく見えなかったから、誰《だれ》かは知らんけど。

「うわ、痴漢？　キモ……」

「痴漢野郎、最低」

おっさんが白い目で見られ、オロオロしている。

「男子高校生に、おっさんが痴漢って……」

俺じゃねえええぇ！

「男に男が痴漢ってマジかよ……拡散しよ」

勘違いしたままの拡散やめてっ！

でも、どうすりゃいいんだ、このあと……。

捕まえて、お巡りさんこの人です、ってやればいいのか？　それでいいのか？

俺が考えているうちに駅に着き、堰を切ったように電車から人が吐き出されていく。

……あれ？　おっさんがいねえ！

いつの間にか人の濁流に紛《まぎ》れて、おっさんは電車を降りていた。

「ま、待て――」

ここまでやる義理はないけど、乗りかかった船だ。

ホームに人が溢《あふ》れているのもあって、おっさんに追いつくのは簡単だった。

おっさんの手首をガッシリ摑んだ。

騒ぎになると、やってきた駅員さんに事情を説明して、おっさんを引き渡した。

「お手柄だったね、少年。で……その子は？」

あ、あの子がいない。さっきの電車に乗ったままらしい。

まあ、いっか。

根掘り葉掘り状況を説明させられるなんて、嫌だろうし。

代わりに、俺がわかる範囲でそれをすることになった。

時間は八時を過ぎていた。新学期早々、遅刻決定だ。

普段二〇分ちょいで着く学校には、事情聴取のせいでいつもの四倍の時間がかかって到着した。

昇降口に張り出してあったクラス割を確認して、下足箱にスニーカーを突っ込む。

俺のところだけ、ぽっかりと空いていたので場所はすぐにわかった。

始業式はもう終わっているようで、廊下を歩いているときに見えた教室では、ホームルームが行われていた。

新クラスのB組の教室を見つけて、こそっと後ろから中へ入る。

担任は女の人で、去年一年の英語を担当していた若田部先生だった。一年間ヨロシク的な挨拶《あいさつ》をしていると、

「高森諒《たかもりりょう》。バレてるからコソコソしなくていいぞー」

と、声をかけられた。

「あ、はい……」

みんなの視線が集まり、クスクスと小さな笑い声が漏《も》れた。

駅員さんが遅刻のわけを学校に連絡してくれるって言ったけど、あれはマジだったらしい。

先生に遅刻を咎《とが》められることはなかった。

空席になっている席を見つけて座る。

やれやれ。これでやっと一息つける。

隣の席を見ると、伏見姫奈《ふしみひな》がいた。

「またか」

ぼそっと俺はつぶやく。

伏見とは幼稚園から一緒のいわゆる幼馴染《おさななじみ》だった。「馴染《なじ》み」って言うほど、馴染んじゃいないけど、ともかく彼女のことは昔から知っている。クラスもずっと一緒。

新学期の最初は、席が近くになることが多かった。隣同士は、これで五回目くらいだと思う。

伏見とは、中学校あたりから話さなくなったので、今はそれほど仲はよくない。悪くもない。

先生のほうをむいている横顔をちらっと窺《うかが》う。

白い肌に、少し朱を差した頰《ほお》。リップを塗って潤んだ薄い唇。長い睫毛《まつげ》が瞬きの度に上下している。

細い脚と黒のハイソックス。短すぎず長すぎない制服のプリーツスカート。小さな手に細い指。つやつやな爪《つめ》。

なんだか伏見は、日増しに『可愛い』や『綺麗』で体がコーティングされていくみたいだった。

昔から彼女を知っている俺からすると、芸術品の大作ができあがっていくのを間近で見守っているような気分でもあった。

先生の話を聞き流しながら、ぼんやりとそんなことを考えていると、伏見がペンを出して、手帳に何かを書きはじめた。

その手帳をこっちに見えるようにむけた。

『さっきはありがとう』

……と、手帳にはあった。

さっき？

心当たりは、あの電車での出来事しかない。

てことは、伏見があの女の子だったのか。

何で俺だってわかったんだ？　伏見らしき女子に背をむけていたはず。

ちらり、と見ると、目が合った。

「あ、えと、声と写真で」

机の下で、携帯をいじる伏見。自撮りの要領で、自分の背後を撮った写真を見せてくれた。

ああ、俺とあのおっさんだ。

「大丈夫だった？」

訊くと、困ったように曖昧《あいまい》に伏見は笑う。

いや、大丈夫なわけねえよな。あんなことされて。

「制服は触られたっぽいけど、それ以上のことはされてないから」

ほっと俺は胸を撫《な》で下ろした。

本当によかった。

俺が気づいてなかったり、違和感をスルーしたり見て見ぬフリしたりしたら、エスカレートした可能性もあったんだ。

「嬉《うれ》しかった。助けてくれたことが」

「それなら、いいんだけど……」

「諒くん、正義の味方みたいだったよ」

そう呼ばれたのは、小学生以来だった。

改めてそう言われると、なんか照れるな……。

「今日のことは忘れよう。お互い」

言うと、伏見ははにかんだように笑い「もう無理だよ」と首を振った。

俺は元々、そんな正義感たっぷりな人間じゃないし、今日のことはなかったことにしてくれてもいい。伏見だって嫌なことは忘れたいはずなのに……なんで？

わけがわからないでいると、伏見は女神様も負けを認めそうな微笑を浮かべた。

「またクラス一緒だね。一年間よろしく」

その笑顔の意味もわからず、俺は「ああ、うん」とだけ返した。

誰もが認めるS級美少女で幼馴染の伏見と、地味キャラな俺が、恋をするなんてこのときは知る由《よし》もなかった。

② 隣人といつかの約束

翌朝。

伏見《ふしみ》は電車には乗っていなかった。

家が近所なので、最寄り駅は俺《おれ》と一緒。でも、これまでの登下校で目にしたことはなかった。

そういえば、伏見がバス通学なのか、自転車通学なのか、ただ乗る電車が違うだけなのか、それすら俺は知らなかった。

何事もなく無事に登校すると、二年の教室が並ぶ二階へ上がり、B組を目指す。

教室に入ると、席にはすでに伏見がいた。その周囲には、男子や女子やらが群がっている。

伏見は、休憩時間になると毎回誰《だれ》かしらが席を訪ねてきて、雑談したりしている。

尋ねてくる男子も女子も、派手で目立つグループが多いから、自分の席に座っているだけなのに、なんとなく気まずさがあった。

「諒《りょう》くん、おはよう」

聞き慣れた澄んだ声だった。

会話を遮《さえぎ》っての挨拶《あいさつ》だったから、伏見の周囲にいた人たちが俺を一斉に見た。

誰こいつ？　って顔をみんなしている。

昨日、俺が登校したときには、もうクラス全体での自己紹介が終わったあとだったらしい。

「……おはよう」

周囲の――とくに男子の嫉妬《しっと》まじりの視線が突き刺さっている気がする……。

席に着いて、携帯をいじる。

そうしていれば、誰とも話さなくていいし、誰かと話してなくても不自然じゃない。

たったこれだけで、この教室での市民権を得られた気分になる。

他人からの視線対策をしている俺とは違って、隣から聞こえてくる会話は、部活の話やらはじまった新作ドラマの話、あとは恋愛話が多かった。

「伏見さん、部活入らないの？　女テニ、こない？　今人数少なくて」

「ごめんね。高校はやらないことにしたの」

「ウチらでグループ作ろう？　伏見さん、ＩＤ教えてよ」

男子も女子も、ワイワイと楽しそうに話をしている。

伏見の周りにいる男子数人は、伏見狙《ねら》いなんだろうなーというのがわかる。

伏見姫奈《ひな》はもしかしてモテるのでは？　と遅まきながら気づいたのは、去年の春だった。

先輩らしき人に告られているのを目撃してしまったのだ。

何人に告られただの、男子にアカウントのＩＤや電話番号渡されただの、そういうモテ伝説的な話は腐るほど聞いた。

中学校の頃も、そういう噂《うわさ》はあった。てか、あれは噂じゃなくて事実だったんだろう。脚色された作り話だと当時は思ってたけど。

幼稚園の頃から見慣れている俺からすると、伏見の容姿を特別に思うことはなかった。

教科担当の先生が教室に入ってきて伏見の周囲を覆《おお》っていた人垣が散っていった。

毎回休憩時間になるとああだから、先生早く来いっていつも思う。

コソコソと伏見が俺の机に机をくっつけてきた。

「え？　何？」

教科書忘れたとか？　……いや、そんなうっかり系女子じゃなかったような。

先生が黒板の前でああだこうだと説明する中、俺の領土と伏見の領土に橋がかかったのをいいことに、何かをノートに書いて俺に見せてきた。

『わかる？』

ああ、俺が授業を理解できてるかってこと？

「大丈夫」

ボソッと言うと、伏見は微笑を浮かべた。

本当は大丈夫じゃないし、何なら先生の説明もさっぱり聞いてない。

数学、全然わかんねえ。

『数学、苦手じゃなかった？』

何で知ってんだよ。

テストの点数を見せ合ったりなんて、中学生の頃から一回もしたことないのに。

ま……まさか、ご近所ネットワークか？

俺の頭のお粗末さが、主婦たちの井戸端会議の議題に……!?

伏見が優秀なのは、クラスが一緒だからよく知っているし、母さんからも聞かされる。あれもご近所ネットワークの情報網のなせる業なんだろう。

学校一人気と呼び声高い美少女様に世話を焼かれるのは、教室の隅っこがお似合いな俺からすると、少し気を遣ってしまう。

ありがとう、じゃあ教えてくれ、とはならないんだな、これが。

また何かを書いたノートをそっと見せてくれた。猫（？）らしき変な生物が描いてあって、吹き出しにセリフがある。

『好き』

会話の流れからして、数学が好きだから、苦手な俺に教えてあげようってことか。

「ああ、うん。知ってる。クラス一緒だったし」

ケシケシ、と消しゴムで吹き出しのセリフを消していた伏見の手が止まった。

不思議に思ってちらっと見ると、顔が真っ赤《まっか》だった。目が合うと、おろおろと挙動が怪しくなって、手がぶつかって自分のペンケースを床に落としていた。

「あぁうぁぁう……」

変な呻《うめ》き声……。

ひっくり返したペンケースを元に戻して、こほん、と咳払《せきばら》いをする。

よく見る澄まし顔をしているけど、まだ耳がちょっと赤い。

伏見って、こんなに表情ころころ変わるやつだっけ？

『今日は電車じゃないの？』

気になったことをノートに書いて見せた。

「ちょ、ちょっと待ってね――」

小声で言うと、さらさらとシャーペンを走らせ書き終えた。

『いつもは通勤途中に学校があるから、お父さんに送ってもらってるんだけど、昨日はお父さんと時間が合わなくて仕方なく電車で』

へえ。道理で見かけないわけだ。

にしても、たまたま電車に乗ってアレって、間が悪いというか、なんというか……。

『エスカレートする前に、守ってくれてありがとう』

「お、おう」

ぎこちなく返事をすると、にこっと伏見は笑った。

『諒くんはあの約束覚えてる？』

ん？

あの約束ってどの約束だ……？

それを思い出していると、伏見の期待感ばっちりな眼差《まなざ》しが俺へむけられていた。

約束……。少なくとも中高生になってからじゃないな。

けど、小学生の頃はいっぱいしたぞ、約束。

さ、さっぱりわからん。約束をいっぱいしたことは覚えているけど、内容は覚えてない。

俺が考え込んでいる間、時間にして約三分くらい。

ちら、と隣を見ると、伏見が頰《ほお》をぱんぱんにしてむくれていた。ハムスターみたいな顔で激むくれモードだった。

俺がその約束とやらを忘れたってのが、バレたっぽい。

「もう知りません」とでも言いたげに、ぷいと顔を背《そむ》けて、机を元の場所に戻して俺から離れた。

ええ……。

数学は教えてくれるっぽいのに、約束の内容は教えてくれないのかよ。

さっきの伏見は、俺が知っている伏見とは、印象が違っていた。

小学生の頃はたしかあんな感じだったけど、それ以降は、澄まし顔が板について、感情を露《あら》わにすることはなかったと思う。

隣の席にいるのが、学校一の人気者ではなく、幼馴染《おさななじみ》の姫奈ちゃんになったような気がして、少し懐かしく思った。

③ ランチフレンド

『ひなが、おかあさんするから、りょーくんはおとうさんね?』

『え、なんで? おれ、犬がいい』

幼い頃の俺《おれ》たちは、幼馴染《おさななじみ》らしく(?)おままごとをして遊んでいたことがあった。

犬がいいと言ったときの伏見《ふしみ》の表情と、今隣でしているその表情は、まるで変わってない。

今伏見は、ぷくー、と頬《ほお》を膨らませながら黒板の文字を板書している。

激むくれモード突入だった。

力が入っているのか、ぽき、ぽき、とシャー芯《しん》が折れる音が定期的に聞こえている。

何でこんな顔をしているかっていうと——。

『諒《りょう》くん、お昼一緒に食べよ?』

『え? 何で? 俺、一人がいい』

って言ったからだ。言ったっていうか、ノートで筆談した。

どうして激むくれモード再びなのか、それはわからないけど、ともかく俺のその言葉が原因らしい。

そして、午前最後の授業が終わり、あらかじめコンビニで買っておいた昼飯を手に、俺は席を立つ。

もしかすると、伏見も一人なのかと思ったらそんなことはなく、他の休み時間のように女子や男子がやってきて、伏見をそのグループに組み込んだ。

むしろ、俺と一緒じゃなくてよかったんじゃないか？

俺は、友達の有無を気にしないけど、気にする人からすると、この四月は重要らしいからな。誰《だれ》と仲がいいとか、誰のグループか、とか。そういう、自分にタグをつけてコーティングするので大変らしい。

伏見と一瞬目が合うと、捨てられた子犬みたいな寂《さび》しそうな目をしていた。

すまん。今さら一緒に昼飯なんて、メンツ的に場違いすぎるから勘弁してくれ。

心の中で謝って、俺は教室をあとにする。

むかう先は、特別教室棟三階にある物理室。盗られる物が何もないって開き直っているのか、いつも鍵《かぎ》が開きっぱなしなのだ。

中に入ると、先客がいた。

肩口まであるセミロングの女子。よくここで会う鳥越《とりごえ》だった。

「来たんだ」

「ここしか行くとこないからな」

適当に挨拶《あいさつ》をかわして、いつものように離れた場所に座る。

お互い携帯をいじりながら、昼食をとる。これといった会話はない。

俺が学校で唯一仲がいいと言えるのが、この鳥越だった。昼休憩の物理室でしかほとんど顔を見ないけど。

鳥越が何組になったのか俺は知らないし、たぶんむこうもそうだろう。

一年のときからこんな感じで、何か干渉し合うこともないし、余計な会話は一切《いっさい》しない。

友達っていうより、利害関係が一致した同士って感じだった。

「授業中、学校のアイドルとコソコソと何の話してんの？」

訊いてきた割に興味がなさそうな鳥越は、携帯の画面から目をそらすことはない。

「ああ、伏見のこと？　別に、これといったことは何も」

ふうん、と気のない返事をされた。

「何でそれ知ってるんだよ？」

「クラス一緒だから」

マジかよ。全然気づかなかった。

「ていうか、グループチャットで話題になってる」

「……は？」

「だから、クラスのグループチャット。七割くらいの人が入ってる」

「は？　鳥越、入ってんの？」

「一応。発言はせずに、みんなのメッセージ読んでるだけだけど」

意外だな。そういうの、入りそうにないタイプだと思ったのに。

……そして、俺はその誘いすらない。ま、まあいっか……。

「お、俺は誘われてもどうせ入んねえし！」

入りたくはないけど、入るかどうかだけ訊いてほしいっていう、この面倒くさい思春期心理を理解してくれ。

くすっと鳥越が静かに笑う。

「強がんなくてもいいじゃん」

つ、強がってねえわ。

隣同士になった俺と伏見が何の話をしているのか、みんなで大喜利をしていると鳥越は教えてくれた。

「暇だな、みんな」

「伏見さんの動向は、この学校最大の関心事みたいなとこあるし」

そうなのか？

幼馴染ってことは、もはや誰も知らないんだろう。そんな雰囲気もないし。

「組み合わせが意外だったみたい。私も意外だった。パーフェクトアイドルとぼっち上級者の

二人が」

「何だ俺のその肩書」

ジャストフィットすぎて草も生えねえ。

「ほわぁっ⁉」

いきなり奇声を上げた鳥越。

クールっぽそうなこいつが慌ててるの、はじめて見るかも。

「どうかした」

「え？　ううん。何でもない。……ていうか、知らないんだ……？」

何の話だ？

不思議に思っていると、昼休憩も終わりにさしかかり、俺たちはバラバラに教室に戻った。

相変わらず、パーフェクトアイドル様は大人気のようで、席の周りは人だらけだった。

俺の席も占領されていて、一つため息をついた。

別に席を占領するくらいいいんだけど、昼休憩終わるんだから自分の席に帰ってくれ。

――って口にするほどのことでもないから言わないけど、モヤっとするのは確かだ。

俺が帰ってきたことに、伏見が気づいた。

「りょ――高森《たかもり》くん帰ってきたから、席、空けてあげて？」

おぉ、ナイス、伏見。

お調子者の男子が渋々といった様子で席を立つ。俺は伏見にありがとうの意味を込めて、ぐっと親指を立てた。

伏見の澄まし顔が崩れ、てへへ、とゆるんだ。

ここ数日、思っていた伏見と様子が違う。

話すことがあっても、去年はずっと澄まし顔だったのに。

……まあいいか。

たしか、中学の頃から伏見の澄まし顔がはじまった。

今みたいなお淑《しと》やかな完璧《かんぺき》美少女っていうイメージが定着しはじめたのも、その頃からだと思う。

幼い頃から知っている俺からすると、他人に見えるその表情が、少し苦手だった。

授業がはじまり、昼寝でもしようかと思っていると、ヴヴヴ、と携帯が短く振動した。

どうせ、帰りにスーパーでおつかいしてこいっていう妹からのメッセージだろう。

机の下でメッセージを確認すると、見慣れないアイコンと『ひな』というユーザー名が表示されていた。

…………まさか？

隣を見ると、やや緊張した面持ちの伏見が、俺をちらちらと盗み見ていた。

や、やっぱりか！

俺のアカウントを一体誰から……。あ、鳥越か？

いや、隣同士なのにメッセージ送る!?

『鳥越さんからＩＤ教えてもらった！　迷惑だったらゴメンね！』

そんなことねえけど――って、まだ続きがある。

『よかったら、今日一緒に帰ろう？』

……どうしたんだ、伏見。

イケてるグループと普段一緒に帰って遊んだりしてるんじゃないのか？　そんな感じのことをご近所さんから聞いたぞ。

俺なんかと一緒に帰って大丈夫なのか。逆に。

一緒に帰りたいやつ、他にいっぱいいるんじゃないのか？

疑問、質問を視線に込めて伏見を見ていると、それを浴びた伏見は肩をすくめてどんどん小さくなっていった。

手元でササ、と携帯を操作して、また俺を盗み見る。

『ダメ？』

隣から緊張感が伝わってくる。

俺なんかを誘うのに、どうして顔を強張らせてるんだよ。

俺にある選択肢はひとつだった。

『いいよ』

そう返信した。すぐに既読がつく。画面から顔を上げた伏見が相好を崩した。

花が咲いたような笑顔に、どきりとしてしまう。

見慣れている顔なのに……不覚にも可愛《かわい》いと思ってしまった。

④ 恥ずかし死

授業が終わり放課後を迎えた。

伏見《ふしみ》と俺《おれ》が本当に一緒に帰るのか？　このときまで、ずっと俺は半信半疑だったけど、やっぱり本気で一緒に帰るつもりだったらしい。

「諒《りょう》くん、行こう」

「お、おう……」

俺、伏見と話すとき、お、おうしか言ってない気がする。

鞄《かばん》を手に立ち上がった伏見は、教室を出ようと背をむけた。動くたびに、体から音符が飛び出しそうな雰囲気だった。

「ヒナちゃん、今日はどこ寄っていく――？」

「ごめんね。今日、高森《たかもり》くんと帰るから」

「え？　ああ、そう……？」

伏見と仲がいい女子が、きょとんと目を丸くした。それから、伏見の後ろを歩く俺を一瞥《いちべつ》して、首をかしげる。

まあ……そうだよな。

その女子とも一年のときはクラスが一緒だったけど、俺と伏見が仲いい素振《そぶ》りなんて、まるでなかったし。

そう。まるでなかった。

なんで急に『幼馴染《おさななじみ》』をはじめたのか、俺にはさっぱりわからん。

逆に言うと、小学校の頃は『幼馴染』だったのに、いきなりそれがなくなって距離ができたのも、よくわからない。

それから伏見は、教室を出るまでに何人かの誘いを断った。みんな一様にきょとんとしていた。

気持ちはわかるぞ。俺もきょとんだ。いまだに信じられん。

断る理由がないからOKしたけど、何があってどうしてこうなってるんだ……？

「いいの？　みんなと放課後はカラオケ行ったり、ファミレスでしゃべったりするんじゃないの？」

さらさらと揺れる髪の毛を耳にかけて「え？」と伏見が反応した。

「だから、どうして俺なんだろうって思って」

たぶん、カラオケ行ったり、ファミレスでしゃべったりするほうが、俺と帰るより断然楽しいと思う。

伏見が唇を尖《とが》らせた。

「約束を覚えてない人には言いません」

「何だよ、それ」

俺が拗《す》ねたように言うと、伏見が「あはは」と声を出して笑った。

昔みたいでちょっと楽しいぞ、くそ……。

昇降口を出て、並んで歩く。新入生はもちろん、下校する生徒の注目を集めたのは言うまでもないだろう。

肩身狭ぇ……。

「放課後は、寄り道もせずに真《ま》っ直《す》ぐ帰ってたんだよ?」

「え?」

「わたし、夜遊んだりするような子じゃないもん」

もんって……そんな子供みたいな言い草して。

「遊び慣れしてるって思われるの、ちょっと嫌かも」

「ごめん。教室で見た感じだと、そういうことをしてるグループと仲良さげだったから、そうなのかなって思って」

「誘われても、付き合うのはちょっとだよ。夕方の六時くらいには家に帰ってるから」

教室でのイメージ通り、優等生なんだなぁ。

花も恥じらう学校のプリンセスが、そんなに早く家に帰って何してるんだか。

最寄り駅までは五分ほどで到着し、やってきた電車に乗車する。

「あ。わかった」

どうして俺を誘ったのか、合点がいった。思わず声に出ちまった。

「え、どうかした？」

「伏見、車内を見てみろ」

？　と頭に疑問符を浮かべて、俺が言った通り伏見は車内を見回す。

乗客の割合は、大半がうちの生徒で占められていて、他の乗客はまばらだった。

「車内が、どうかした？」

「満員電車でもないし、変なやつもいねえ。同じ学校の生徒たちばっかりだ」

「うん？」

「帰りは、痴漢の心配、しなくてもいいんだぞ？」

「え？　してないよ？」

「……」

「してないよ？」

「二回も言うなよ」

「だって、無反応だから。……あ、もしかして、わたしが諒くんを頼ってるって思った？」

「——お、お、思ってねえし」

「うっそだぁー」

いたずらっぽい笑みを浮かべて、伏見はつんつん、と俺の胸を突いてくる。

クッ、楽しそうにつんつんしてくるなよ。

「もしここが、朝みたいな満員電車だったら、また守ってくれる？」

伏見がなんかグイグイくるぞ。

「またって……前はたまたま見かけただけで——てか帰りは満員電車にはならねえから」

「んーっ！　もしもの話っ！　実際どうかはこの際置いといて」

置いとくそれが一番大事なんですけど。

むぅーと見つめてくるので、降参の意味を込めて俺はひとつため息をついた。

「そ、そうだよ。守るって言うと照れくさいけど、変な被害に遭わせないようにするよ」

この回答に満足いったようで、てへへと伏見は照れ笑う。

「普段帰りは、電車ほとんど使わないんだけどね」

「さっきのくだり、全部無駄じゃねえか」

なんなんだよ。

たしかに、これまで伏見を帰りに見かけたことはなかった。帰る時間帯が違うんだと思ったけど、そうじゃないらしかった。

「じゃあ、なんで今日は電車?」

「……から、でしょ……」

何かぼそっと言って目をそらした。恥ずかしそうに車窓から外を眺めている。

でも、さっぱり聞こえなかった。

「え、何? もっかい言って」

ガタンゴトンと揺れる電車の中で、伏見は顔を半分だけこっちにむける。

小声だったけど、今度はちゃんと聞こえた。

「諒くんが電車で帰るからでしょ……っ」

頬《ほお》がじわじわと朱に染まっていった。

顔が赤いのは、夕日に照らされてるからってだけじゃないらしい。

「一緒に帰りたかったの……わたしのほうだし……」

もじもじしながら、伏見はつま先に目線を落とした。

その発言やこの状況が、まだ俺には信じられなかった。これはドッキリか何かで、誰《だれ》かが撮影してるこれを、ライブ配信してるってほうがまだ信じられる。

「……え、何? どういうこと?」

「もうっ、何回言わせるのっ、意地悪しないでっ。恥ずか死しちゃうじゃん!」

新しい単語作んなよ。俺も照れ死しそうだわ。

⑤ 誤魔化した代償とギャル

それから、お互い無言になり、最寄り駅に到着した。

一緒に帰るって、こんな感じでいいんだっけ？

小学生の頃は、あちこち寄り道したりした記憶があるけど……高校生って一緒に帰ったら何かするのか……？

「何難しい顔をしてるの？」

伏見《ふしみ》に覗《のぞ》き込まれていて、びくっとした。

「いや、帰るって、これだけだけど、いいの？」

最寄り駅からは歩き。

俺《おれ》んちからのんびり歩いて一五分。朝の急いでるときなら一〇分くらいの距離だ。

「気、遣うんだ」

「そりゃな。我が校きってのプリンセスなんだから」

「諒《りょう》くんまで、そんなふうにわたしを見ないでよ」

面白《おもしろ》くなさそうに伏見はつぶやいた。

って言われてもなぁ。

「あ、そういや、鳥越《とりごえ》とは仲いいの？」

「鳥越さん？　仲いいというか、普通かな」

俺のＩＤを鳥越から訊いたって言ってたから、親交が深いのかと思いきや、そうでもないらしい。

いきなり伏見からメッセージが来たから、鳥越もびびって変な声出してたもんな。

「ねえ、はっきりさせておきたいんだけど」

立ち止まった伏見が、改まったように前置きした。

「何？」

はっきりさせたいこと？

心当たりがまったくないので、首をかしげた。

「諒くんって――」

「おぉーい」

伏見の声に被《かぶ》さるように、聞き慣れた声がした。伏見が俺の後ろのほうを指差す。

「諒くん、ギャルがめっちゃ手振ってる」

もしや、と思ってちらりと振り返る。

高森《たかもり》家の長女にしてこの春中三になった、妹の茉菜《まな》だった。

ゆるく波打つ茶髪と派手めの化粧。これでもかっていうくらい短い制服のスカートに、腰に巻かれたカーディガン。

あれで後ろからのパンチラを防いでいるとかなんとか。

でも、自転車漕《こ》いでるとき、正面から普通に見えるときあるんだよな……。

その茉菜が小さく跳ねながら手を振っていた。

「誰《だれ》、あれ」

「茉菜」

「えっ、茉菜ちゃん⁉　い、いつの間にか、どギャルになってる……⁉」

昔は、俺と伏見が遊ぶとき、茉菜も混じって何度も遊んだことがある。でも、今の茉菜にその面影はゼロ。

中学入学した頃は比較的大人しかったけど、いつの間にかこの路線に突き進んでいる。何でこうなったのか、俺もよくわからん。

てて、とそのどギャルがこっちにやってきた。

「にーに、今帰りー？」

「外でにーにって言うんじゃねえ。恥ずかしいだろ」

「にーにはにーにじゃーん。って、あれー？　姫奈《ひな》ちゃん、久しぶりー」

「久しぶりだね、茉菜ちゃん」

キャッキャと久闊《きゅうかつ》を叙《じょ》するわけでもなく、茉菜は俺と伏見を交互に見た。

「珍しいね。一人じゃないなんて」

「たまたまな、たまたま」

ふうーん、と茉菜は鼻を鳴らした。

「にーに、ご飯何食べたい？」

「だから、にーにはやめろと。……カレーとか？」

「おっけ」

にしし、と笑みをこぼす茉菜。

こいつはこう見えて意外と真面目《まじめ》で、高森家の台所を預かり、毎日母さんに代わって飯を作ってくれるのだ。

「じゃ、またあとでね」

そう言って、茉菜はそこらへんに停めていた自転車に乗って、どこかへ行ってしまった。

たぶん、スーパーで晩飯の買い物だろう。

ギャルのくせに全然遊ばないんだよな、あいつ……。

びっくりしたぁ、と伏見がつぶやいた。

「あれはあれで可愛《かわい》いけど、茉菜ちゃんが、あんなに変わるなんて」

だよなぁ、びっくりだよなぁ、と俺も他人事のように同意をした。

「わたし、知ってるんだから。諒くんってギャル好きなんでしょ？」

「へ――っ？」

びっくりしすぎて目ん玉こぼれるかと思ったわ。

「……何情報だよ、それ」

「だって、中学のときに、そう聞いたから」

中学のとき？

……あ。もしや、あれのことか？

小学校からずっとクラスが一緒のご近所さんで幼馴染《おさななじみ》の伏見のことを、一度茶化《ちゃか》されたことがあった。

好きなんだろー？　とか。朝起こされたりしてるんだろー？　とか。半分以上馬鹿《ばか》にした感じで。

それが嫌で、伏見と真逆の人物像を口にした。

『はあ？　俺、あんなのじゃなくて、ギャルがいい』

伏見はどっちかっていうと正統派。だから通ぶって（？）そんなことを言った。

自分のことならまだしも、女子絡みのことでからかわれるのに、耐性がまったくなかったのだ。

とぼとぼ、と伏見が歩き出す。

「あんなのだもん、どうせ……」

よく覚えてんな！

「あれは本心じゃなくて、弾みというか、なんというか」

「茉菜ちゃんは、変化があったり色々と成長したりしてるのに」

どこに出しても恥ずかしくないギャルになっちまって……。

成長したのは胸くらいのもんだ。

伏見が目線を胸元《むなもと》に下ろした。

微《かす》かに膨らみのある、うすーい胸だった。

「……今、死にたくなった……」

「精一杯生きて！」

肩を落としながら歩を進める伏見に並んだ。

「ギャルが好きってわけでもないから」

「本当に？」

「うん。俺と伏見のことを、茶化されたのが嫌だったってだけで、本心じゃないから」

中にはいいギャルもいるんだろうけど、どっちかっていうと敬遠しがちな人種ではある。

うちの妹はいいギャルの部類だ。飯作ってくれるし。

「それなら、いいんだけど」

雰囲気がいくらか柔和になった……気がする。

「もぉ、よそよそしくして、損した」

幼馴染の姫奈ちゃんから、同級生の伏見さんに心理的に距離が開いたのは、思えば中一くらいからだった気がする。

俺も、そんなふうに周囲から茶化されるのが嫌で、伏見とは距離を置くようにしてしまった。

伏見を女の子として意識するようになったからこその結果なんだけど、これは中一男子の性というか、麻疹みたいな誰でも通る道だろう。

「これまで他人オーラ出してたのって、もしかして、俺の発言のせい……？」

「そうだよ。どうせ、あんなのだもん」

根に持ってる!?

「悪かったって。本当に」

拝むように、俺は何度も謝った。

「どっか途中で寄ろうか？　そこでお詫《わ》びに何かおごるから。……な？　コンビニでアイスとか駄菓子とか、そういうので頼む。カフェでパンケーキとかなしな」

じゃあ、と伏見は言った。

「わたし……諒くんち、行きたい」

「へ？」

⑥ 四年ぶりX回目の来訪

俺《おれ》の家に行きたい、と伏見《ふしみ》は言った。

うちは、カフェでもないし、パンケーキもない。アイスは……冷凍庫《れいとうこ》にあったような気がする。買い置きのお菓子があったから、それで対応しよう。

それを食うと茉菜《まな》がキレるけど、緊急時なんだから仕方ない。

伏見の真意が見えないまま、俺は曖昧《あいまい》に「まあ、いいけど」と返事をした。

伏見家への途中に高森《たかもり》家があるから、ついでと言えばついでだった。

でも、なんでまた……？

隣を歩く美少女の様子を窺《うかが》うと、どことなく表情がほころんでいる。

教室でよく見るパッケージされた『伏見姫奈《ひな》』らしい表情とは少し違う。

俺んち、なんもないぞ？　って、何回か確認したけど、それでも伏見は、「いいの。何もなくても」と言った。

幼馴染《おさななじみ》の姫奈ちゃんモードだと、何を考えているのかさっぱりわからん。

首を捻《ひね》りながら歩き、自宅へと着いた。

「諒《りょう》くんち、久しぶりかもー」

何の変哲もない、どこにでもある洋風戸建て住宅だ。

俺がヤン車と呼んでいる茉菜の自転車は、まだ駐輪スペースにはない。

母さんは仕事だし、今誰《だれ》もいないのか。

……誰もいないのに、俺、家に女の子を上げていいのか……？

ぱちぱち、と長い睫毛《まつげ》を瞬かせながら、伏見が小鳥のように少し首を捻る。

「どうかした？」

顔もそうだけど、男子から圧倒的支持を得ているのは、こういう仕草をするからだろうな。

伏見激推し勢の気持ちが少しわかった。

「いや、何でもない……」

伏見は、家にこれまで何度も遊びに来たことがある。俺の部屋でもよく遊んだ。

それなのに、なんか緊張してきた……。

鍵《かぎ》を開けて、玄関に招き入れる。スリッパを出すと、「わざわざありがと」と、ローファーを脱いだ小さな足をそこに突っ込んだ。

どこに案内したらいいんだ？　リビングでも遊ぶことあったしなぁ……。

「二階、行かないの？」

「うぇ⁉　俺の部屋⁉　で、いいの？」

「うん。いこいこ」

勝手をよく知ってる伏見は、ペタペタとスリッパを鳴らしながら階段を上がっていく。

見られたらヤバイものは、ちゃんとしまってるよな。

出した物はきちんとしまう、っていう躾《しつけ》をしてくれた母さんに、めちゃくちゃ感謝だ。

「ねえ、上がってきなよ」

伏見は階段の上で止まって、顔だけで俺を振り返っていた。

「今行――」

ちょうど見上げる形になってしまい、スカートの中が、見え、見え――――見え、ない。

「………………」

「？」

ほっとした。でもやや残念な気持ちもあった。

なんだあれ、計算されてる長さなのか？　絶妙すぎるだろ。

ちょっとした落胆を隠して、俺は階段を上り、伏見を追い抜いた。

二階の廊下を進み、部屋の扉を開ける。

ぐちゃっと脱ぎ散らかしがあったり、読みかけの漫画が数冊置いてあったりするくらいで、エロいものは何もない。

俺は改めて胸を撫《な》で下ろした。

六畳ほどの部屋は、勉強机とベッド、あとは漫画が詰まっているカラーボックスが二つと、シンプルに構成されている。

「散らかってるねー」

後ろから部屋を覗《のぞ》いた伏見がぽつりと言う。

でもあんまり変わってないねー、と付け加えた。

中に入って、適当に脱ぎ散らかしたものをベッドの隅にやる。

座布団とかってクローゼットの中にあったっけ？

座る場所を作ろうとしていると、すとん、と伏見がベッドに腰かけた。

思わず、じーっと見てしまった。

「あ、ごめん、ベッド、ダメだった？」

「いや、そういうわけじゃなくて」

俺が悪いやつだったらどうする気だよ。

このまま押し倒して、それはそれはもう、エロいことしてるとこだったぞ。

「ん？　そういうわけじゃなかったら、何？」

「伏見、もうちょっと警戒心を持ったりしたほうがいいんじゃないの？　無防備だから――」

話す途中に、伏見は背中からベッドに倒れて仰向《あおむ》けになった。

「無防備って、こういうこと？」

「……おまえな」

「あはは」

くるくると楽しそうに伏見は笑って、俺はため息をついた。

「最後に俺んちに来たのって、中学のときだっけ？」

「ううん。六年生の……」

仰向けのまま天上を見ている伏見が変なところで言葉を切った。

六年生？　そうだっけ？

「六年生の、何？」

訊くと、ころんと転がって俺に背をむけた。

「諒くん、覚えてないの？　六年生のあの日以来なんだけど」

覚えてねえ……。あの日ってどの日だ？　最後に来たのが中学のときだと思ってたくらいだから、六年生なんて言われても、ピンとこない。

「…………なあ、ジュースとお茶だったらどっちがいい？」

「もう、話をそらすの下手すぎ」

寝転んだまま伏見はくすくすと笑う。

じゃあジュース、との回答を得たので、俺は部屋をあとにしてキッチンへとむかう。

「小六のとき？　週五くらいで遊んでたからなぁ……伏見関係の印象的なことって薄れがちな

んだよなぁ……色々ありすぎて特定の出来事って思い出せねえ……」

ぶつぶつと独り言をこぼしながら、冷蔵庫にあるアップルジュースを二人分グラスに入れる。

そして買い置きのポテチとともに部屋へと戻った。

テーブルも何もないので、勉強机の上に持ってきたそれらを置く。

「六年のときって、何があったっけ?」

振り返ると、まだベッドに伏見は寝転んでいた。

やれやれ、と俺は鼻で息をつく。

筋の通った形のいい鼻と涼しげな眉《まゆ》。ぱっちりした二重瞼《ふたえまぶた》は、今は閉じられている。ベッドに無造作に広がる艶やかな髪の毛。桃色の薄い唇からはかすかに吐息の音が聞こえてきた。

「ね、寝てる?」

薄らと目蓋《ふた》が開いて、俺のほうをちらっと見た。

何で寝たフリしてるんだ……?

さっきの無防備の続きのつもりか?

「伏見、おまえな、男をからかうのもいい加減にしろよ」

ちょっとお灸を据えてやる。

マウントポジションを取り、伏見の顔の横に両手を置く。

どうだ、怖かろう。

けど、お、思ったより顔が近ぇ……。

俺のほうがドギマギしちまう……。

ぱちっと目を開いた伏見。思いのほか、眼差《まなざ》しが真剣だった。

「別に、からかってないよ。諒くんが忘れてるだけじゃん」

「だから、何なんだよ、それ」

「いっぱいした約束のうちのひとつだよ？」

いっぱいしてると、一個一個の印象がだな……。

たったひとつだけとかなら、まだ覚えていられるんだけど。

「男のベッドに寝転がって、寝たフリなんかして――そういうのは、好きな男にだけするもんで」

「――バカ」

頬《ほお》を染めながら、伏見は顔を背《そむ》けた。

「……バカ」

「何で二回も言うんだよ、バーカ」

「約束覚えてないほうがバカだもん」

くッ、ああ言えばこう言う！

「いつまでそうしてるの？　どいてよ」

「あ、悪い」

と、思わず俺はマウントポジションを解いた。

やや気まずい雰囲気になったけど、ジュースを飲んでポテチを食っていると、重かった口も軽くなっていった。

話しているだけだと手が暇だから、と俺の脱ぎ散らかした服を畳んでくれた。

そうしていると、「そろそろ帰るね」と言って伏見は鞄《かばん》を持って立ち上がった。

いつの間にか、外は少し薄暗くなっている。

帰る伏見を家まで送ることにして、街灯が薄闇《うすやみ》に穴を開ける道を二人で歩いた。

「バカなのは仕方ないとして、もっとその約束のことでヒントをくれよ」

「ヒント？　あんなにいっぱいしたのに、忘れてるなんて、わたしはショックだよ」

伏見は拗《す》ねたように唇を尖《とが》らせた。

「だから悪かったって」

「ううん。いいよ。ごめんね、意地悪言って。結構前だから忘れちゃうのも仕方ないと思うんだけど、わたしは指切りで諒くんと約束した内容を全部メモってるよ」

「まじか」

そういや、伏見はマメに何かをメモしていたのを思い出した。

「『じゃあオレもそうしよ』って、諒くんもメモしてたんだよ？」

「まじか」

「まじだよ、大まじ」

言われてみれば、何か書いていたような気もする。

「てか、そのメモを見せてくれればよくないか？　俺にできることがあれば頑張るし」

「できること――？　頑張る――？」

ボフゥン、と伏見の顔が一気に赤くなった。

「だ、だ、ダメ！　ええっと……メモ以外に、よ、余計なこといっぱい書いちゃってるから恥ずかしいの」

「ふうん、そっか」

黒歴史的なメモ帳なのかな。

そうこうしているうちに、いつの間にか伏見家に着いていた。

「今日はありがとね。また明日」

「うん。じゃあな」

手を振る伏見に手を振り返し、俺は背をむけた。

俺もメモったらしいから、探せば出てくる、のか……？

⑦ 約束の断片

伏見《ふしみ》を家まで送り届けて帰宅すると、茉菜《まな》と母さんが帰って来ていた。

キッチンで夕飯の支度《したく》をする茉菜と、換気扇の下で煙草《たばこ》を吹かす母さん。

「おかえり」

「ああ、うん、ただいま」

「にーに、今日カレーだから、もうちょい待っててね！」

ほーい、と俺《おれ》は適当に返事をしてリビングのソファで横になる。

母さんは看護師の仕事が忙しく、家事はほとんど茉菜がやっている。母さんは、家庭では父親と同じ役割をしていて、朝布団《ふとん》を引っぺがして起こすことも、料理を作ることも少ない。

「ね、ママ、にーにってば、今日姫奈《ひな》ちゃんと一緒に帰ってたんだよ？」

「へえー」

煙草をくわえた母さんが、ニヤニヤしている。

いたずらを思いついた中学生みたいだ。

「おい、母さんに余計なこと教えんなよ」

こっちを振り返った茉菜が、べっ、と舌を出した。

早いところ話題を変えよう。

「俺が小学生のとき使ってたノートとかって、あったりする？」

俺の記憶では、どこかへしまっていたはず。

伏見はメモ帳に約束を書いたって言っていたけど、俺はそんなメモ帳を用意した覚えはない。

もし書いたとすれば、教科ごとのノートだろう。

「ああ、それなら、何冊か押し入れにあるはずだよ」

と、煙草を消した母さんが部屋を出ていく。それについていくと、和室の押し入れの襖《ふすま》を開けた。

頭を突っ込んで、ガサガサと漁《あさ》る母さん。

「ここらへんに――たしか……あった」

『りょう』と平仮名で書いてある段ボールを引っ張り出した。

「どうかしたの？」

「いや……別に……ちょっと」

言葉を濁しながら、段ボールの中を探していく。

「教えてくれたっていいじゃんか、りょーくーん」

首に腕を回されて、むにむにと頬《ほお》を突いてきた。

「もう、やめろってば」

あははと笑う母さん。

なんというか、ノリが悪友なんだよなぁ。

仕事をはじめてからすぐ、父さんとデキ婚した母さんは、若くして俺を産んだ。だからまだアラフォーで、よそのお母さんに比べれば若い。俺たち兄妹が小さいころに父さんを事故で亡くしてから、我が家の父親は母さんになった。

「姫奈ちゃんと付き合ったりしてるの？　一緒に帰るってそういうことでしょ？」

「なわけねえだろ」

「そう？　目撃した茉菜ちゃんがちょっと機嫌悪かったから、『こりゃただ一緒に帰ったわけじゃないな？』と女の勘が働いたわけよ」

「変なレーダー作動させんなよ。そんで的外れだから」

伏見の人気を知らないからそんなことを軽く言えるんだろう。

クラスの中心にいるわけでも部活で輝くわけでもない、地味な俺を好きになるはずがない。

「違うのかー。昔はあんなに仲良かったのにねー。『ひな、りょうくんと、けっこんするのー！』って、わざわざ私のとこに宣言しに来てたんだよ？」

「そんなこともあったような……？」

「今も相当可愛《かわい》いけど、あの頃《ころ》はマジ天使だったわぁ姫奈ちゃん」

俺はさっぱり覚えてねえ。

段ボールを探っていると、自由帳を見つけた。小五のときのものだった。下手くそな絵と適当な落書きが大半を占めていて、伏見とした約束らしきメモは見当たらない。

「……あれ？」

ノートの一部が千切ったように不自然に破られているページがあった。

なんだこれ。

首をひねっていると、カレーのいい匂《にお》いが漂ってきた。

「茉菜ちゃんはいい子に育ったよ。ギャルだけど。茉菜ちゃんと結婚しなよ」

「兄妹だっつーの」

「ははは。それもそうか」

キッチンのほうから、「ママー？　手伝ってー！」と大声が聞こえた。

はいはい、と立ち上がった母さんは和室から出ていった。

「約束のメモ、約束のメモ……」

別のノートを確認していると、小六の算数ノートにそれらしきメモが書いてあった。

『高校生になったら、ひなちゃんと初ちゅーをする』

ほぎゃあああああああああああああ!?

な、な、なんだこれ！

計算式や数字が並ぶ中、ぽつんとそれは書いてあった。

「何書いてんだ俺！」

俺は畳の上を転げ回った。

か、活字で見ると、より恥ずかしい!!

でも、これっぽいぞ……!?

伏見が言っていたのは、最後に家に来たのが小六。ノートの日付は、二月一五日となっている。

バレンタインデーの翌日だ。

そのときに約束を……この恥ずかしくて死にそうになる約束を、交わしてしまったのではなかろうか。

伏見は、今日、途中で言葉を切っていた。

『六年生の……』って言ったあと、顔を赤くしていた。

そのあとに続いたのは、バレンタインデー……じゃないだろうか。

内容が内容だし、第三者相手ならともかく、俺には教えられねえよな。

どうして中学生じゃなくて高校生なのか――。そんな条件を俺が発案するとは思えない。

だから、たぶんこれは伏見が発案した設定で、俺はとくに考えなしに了承したってのがこの約束だろう。

初ちゅーなんて、おまえ、この、おませさんめ……！

ドラマか何かの影響か？

そうなってくると、ジュースを入れて部屋に戻ったときのことも、合点がいく。

悪い男だったら、誘ってると思って襲うかもしれない感じでベッドで待ってて……。

「ね、寝てる相手にキスなんかしねぇよ！　あ、あほか！」

俺はノートを段ボールに投げ入れた。

「にーに、さっきから何騒いでるの？　キスって何？」

いつの間にか、制服エプロンの茉菜が、ゆるく腕を抱いて立っていた。

「き、きす…………て、てんぷら……キスの、天ぷら食べたいなぁって……」

「カレー食べたいって言ったの、にーにでしょ。何、天ぷらって」

茉菜の目が、かなり冷たい。

「……はい」

「ポテチ勝手に食べたでしょ。ご飯食べられるの？」

「すんません……大丈夫です食べられます」

「あと……流しにコップふたつあったけど、あれ、何？」

か、完全にキレてる。ぎゃ、ギャル怖ぇぇぇぇ！

「……」

てか、何で俺怒られてるんだ⁉

ポテチ勝手に食ったからか？　それ食ったせいでご飯食べられないって思ってるからか？

それとも、『誰《だれ》か』を家に上げていたから——？

ギロン、と睨《にら》まれた。

「ちょっとイラってする出来事が、たくさん今日は重なった」

あ、全部？　役満でしたか。

「茉菜ちゃん、俺は、何もして——」

「キスの天ぷらでも食べてれば？」

俺に前蹴《まえげ》りを食らわそうとしてきたが、それをがしっと受け止めた。

こっちにだってな、兄の意地ってもんがあるんだよ——！

「きゃあ⁉　ちょ、ちょっと離して！」

「離したら蹴るだろ⁉　そんなにスカートを短くしたら——」

「いいでしょ、別に！」

だからほら、もう、パンツが見えて……このハレンチギャルめ！

茉菜が帰って来ないのを不審に思った母さんがやってきて、俺たちは二人とも怒られた。

ダイニングにむかい、借りてきた猫みたいに大人しく夕飯を食べる。

「カレー、美味いな」

「……ったりまえじゃん」

ちょっとだけ嬉《うれ》しそうな顔をする茉菜だった。

8 事故

朝は携帯のアラームで起き、茉菜《まな》が用意してくれたギャル飯を食う。

俺《おれ》が勝手にそう言っているだけで、トーストと目玉焼きとサラダの至って普通の朝食だ。

ちなみに母さんは夜勤明けらしいのでまだ寝ている。

「にーに、遅刻するよー？」と、早朝からばっちりギャルメイクをしている茉菜に急《せ》かされる。

いいよな、中学は。近いからまだまだ余裕あるし。

ぼんやりトーストを牛乳で流し込んでいると、「ホント、マジ遅刻すっから！」と俺の心配をしてくれる優しい妹ギャル。

へいへい、と俺は鞄《かばん》を持って、家を出た。

「諒《りょう》くん、おはよ」

そこには、春の日差《ひざ》しみたいに温かい微笑をしている伏見《ふしみ》がいた。

「……おお、おはよう。うちに何か用？　あ、忘れ物とかした？」

首をかしげていると、ふふふ、と控えめに伏見が笑った。

「違うよ。学校、一緒に行こう？」

ナンデ？　ドウシテ？　疑問はいっぱいあったけど、時間が時間なので、駅に急ぐことにした。

送ってくれるはずのおじさんと、今日も時間が合わないとか、そういうあれか。

痴漢未遂がトラウマになって、電車に乗りづらいとか？

「伏見、知らないかもしれないから言っておくけど、この世の中には、女性専用車両ってのが

あってだな。そこなら痴漢の心配はないぞ」

「ふふ。知ってるよ、そんなの」

じゃあなんで……？

「昨日の帰りもそうだけど、諒くんをボディーガード代わりにしようなんて思ってないよ」

だとすると、余計に気になる。俺と一緒に行くメリットなくね？

それに、と伏見は続けた。

「女性専用車両じゃ、諒くんは乗れないでしょ？」

「うん。男だからな」

「じゃあダメじゃん。別々になっちゃうもん。『一緒に行く』って感じしないし」

真意が摑《つか》めず、俺は「はあ、あ、そう……」と曖昧《あいまい》に返す。

察しの悪い俺に、伏見が肩をぶつけてきた。

「一緒に学校に行きたいっていう理由だけじゃ、ダメですか?」

はにかみながら訊いてくる伏見。朝っぱらからその表情はズルイ……。

思ったことはなるべく表情に出さないようにした。

「ま、まあ、いいけどな?」

「よかった。ふふ。諒くん嬉《うれ》しそう」

何でわかるんだよ。隠してるのがバレるって一番ださいパターン……。

伏見はどうやら『幼馴染《おさななじみ》』のテンプレートなことがしたいらしい。

改札を通り、やってきた学校方面への電車に乗った。今日も結構な人数が乗っていて、乗車率はかなり高い。

パンパンとまでいかないけど、おしくらまんじゅう状態であることは明らかだった。

「むぎゅう……」と朝の電車での立ち回りがわかってない伏見が、人垣の中で呻《うめ》き声を上げていた。

OLのお姉さんとサラリーマンに潰《つぶ》されそうになっていたので、比較的スペースがある俺のほうへ手を摑んで人垣から引っこ抜いた。

「あ、ありがと……ペシャンコになるかと思った……」

「どういたしまして」

人垣を背負いながら、伏見が潰れないように両手を扉についてスペースを確保する。

「諒くんが、ダブルで壁ドンしてる」

「仕方ねえだろ。我慢してくれ」

「ううん。冗談だよ。ありがとう」

顔が近い。正面を見続けるってことができず、俺は顔をそらした。にしても、いい匂《にお》いがする。シャンプーの清潔な香りだ。

俺は修行僧のように心を無にして、あと二駅……あと二駅……と念仏のように頭の中で唱える。

窓の外でも見てるのかなと気になって、正面をむいたと同時に、電車が大きく揺れた。

その拍子に、顔同士が近づいて、ぶつかった。

あ、あれ、今、当たった？　よな……？

一瞬だったから全然わからなかったけど、今のは気のせいじゃ――

「～～～～っ！」

伏見が、顔を真《ま》っ赤《か》にして口をＶの字にしている。

瞬きの回数が尋常じゃねえ！　動揺してるのか、そうなんだな？

さっきぶつかったのは――気のせいじゃないなっ⁉

一番警戒していたはずの痴漢は、すぐそばにいたってオチか！

事態を理解して、俺も顔が熱くなってきた。

「ご、ごめん！　あの、今のはわざとじゃなくて――っ」

「りょ、諒くん……ちゅう、しないでよ……」

「してない、してない。ちなみに、どこ？　当たった？」

「こ……こ……」

目の下……頬骨《ほおぼね》のあたりを指差した。

「も、もお……恥ずかしいよお……」

糖分を含んだような声を出して、こてん、と伏見が頭を俺の胸に預けてきた。

「ごめんな」

と謝りながら、何度か頭を撫《な》でた。

「い、いいよ……？　許したげる……」

ぼそぼそとした声が返ってきた。胸に頭をくっつける伏見の耳はまだ赤い。

最寄り駅到着のアナウンスが流れ電車が停まった。

ぞろぞろ、と同じ制服を着た生徒が降りていく。俺たちに気づいて、好奇の目を寄越す人もいた。

顔を伏せてるから、これが伏見姫奈《ひな》だってことはわからないだろう。

降車待ちの人もいなくなったので、伏見に声をかけた。

「そろそろ行こう」

すると、俺から離れない小さな頭が、少しだけ動いた。さらさらと髪の毛が揺れる。首を振っているらしい。

「え……でも、遅刻するよ」

うん、とうなずいた。降りようと促す俺の袖《そで》を、伏見はきゅっと掴んだ。

「……まだ、一緒に乗ってたい」

アナウンスが流れ、降り口の扉が、プシンと音を上げて閉まった。

⑨ 常習犯くんと真面目ちゃん

サボることは、俺《おれ》からすると別段珍しいことじゃないので、まだ一緒に乗っていたい、と伏見《ふしみ》に言われても、抵抗感はなかった。

さっきまであんなにいた同じ学校の生徒たちは、今では俺と伏見だけとなってしまった。

ちょうど空いた座席に、俺たちは並んで座る。

「……ど、どうしよう、私、悪の道に諒《りょう》くんを……」

「悪の道って、そんな大げさな」

あわわ、と目を潤ませる伏見に、俺は小さく笑った。

どこに行くのか、どこまで行くのか、わからないし、きっと訊いても明瞭な答えは返ってこないんだろう。

俺の記憶にある限り、伏見が遅刻したり学校を休んだりすることはなかったように思う。

「結構サボることあるから、気にすんな」

「知ってる」

一駅、二駅と、電車は学校の最寄り駅からどんどん遠ざかっていく。

「こんなつもりじゃあ、なかったんだけど」

ごめんね、と伏見は何度も謝った。その都度俺は、いいよと返した。

「俺はともかく、伏見が何の連絡もなしに遅刻したら、騒がれるんじゃないの」

「うう……かも」

お腹痛いってことにしておこう……と、ぼそりと隣で言った。

またベタな理由だな。

携帯に登録してある学校の電話番号を探して、伏見に教える。

「何で学校の番号登録してるの？」

「いつでもサボって適当に言いわけを言うためだよ」

「わぁ、諒くん、いつの間にか不良に……」

「可愛《かわい》いもんだろ」

電話をかけるため、一度電車を降りた。

終着駅のひとつ手前の駅だった。

駅舎の中で電話をかけようとする伏見に「おいおい、ここで電話したらアナウンス聞こえるぞ」と注意して、トイレをオススメしておいた。

「あ、そっか！　サボり慣れしてるねー」

「まあな」

用を済ませた伏見は、五分ほどしてトイレから戻ってきた。

「事務員の人？　が出て、若田部先生に取り次いでくれて――」

結構あっさりしたものらしく、理由は訊かれなかったという。

「はいはいーって言われただけだったよ」

「俺だったら根掘り葉掘り質問されただろうに……一年のときはそうだったのに……」

「信用度ってやつかな」

「くそ……」

あはは、と伏見が笑う。

「せっかくだし、ここらへんちょっと歩いてみない？」

そう誘われたので、駅舎を出て、町をぶらつくことにした。

終着駅が山の麓に近いせいか、この駅付近は建物が少なく、目に見える車は、ロータリーに停まっている数台のタクシーくらいだった。

伏見の足が赴くまま、散策を楽しむ。

警官に補導されやしないか心配だったけど、杞憂《きゆう》に終わった。

警官どころか人があまりいない。

「あ。海の匂い」

鼻先でべったりとした磯の匂いがした。

「え、海？　近くにあるの？」

「かもな」

適当に歩いていると、車通りの多い国道に出て、その奥に防風林があった。

木々の隙間《すきま》からは、白い砂浜と藍色の海が覗《のぞ》いている。

「う、海————————っ!!」

「声でか⁉」

雪を見た犬みたいに伏見がはしゃいでいる。

「ほ、ほ、ほら、あれ！　諒くん！」

「落ち着けって」

「ひ、久しぶりだから、なんかテンション上がっちゃって！」

わくわくでルンルンな伏見が走り出し、「ちょ、待て」と俺もあとを追いかける。

横断歩道を渡り、防風林を抜けて砂浜に出た。

「わぁ……！」

はじめて来たわけじゃないだろうに、伏見が感激して、目を輝かせている。

風で煽られる髪の毛を押さえながら、サクサク、と波打ち際のほうへ歩いていった。

海もはじめてじゃないし、俺と来た海もはじめてじゃない。

小学生の頃、夏休み海で遊んだことを思い出した。

相合傘を書いた伏見が自分の名前を書けと言ったので、俺が名前を書くと、伏見がテレテレしながら、反対側に自分の名前を書いたことを思い出した。

『りょう♡ひな』

今思えば、なんつー恥ずかしいことを……。

時刻は午前九時半。みんなは一限の授業受けてるところだろうな。

「わわっ――」

突風が吹きつけると、前にいた伏見がスカートを押さえた。

俺は制服の上着を脱いで、伏見に渡した。

「これ、腰に巻いとけ。俺も目のやり場に困るから」

「皺になっちゃうよ?」

「いいよ、そんなの」

「……うん。ありがとう」

茉菜《まな》がカーディガンをそうするように、袖《そで》同士を結び上着を腰に巻いた。

落ちていた木の棒を拾って、伏見が砂浜に何か書く。

『すき?』

こっそり俺を振り返った。

「うん、まあ、そうなんだろうなって思ったよ」

「えっ――」

ぴくん、と一瞬肩をすくめて、はにかむように笑った。

「や、やっぱり、バレて……？」

「あのテンションの上がり具合だと、誰《だれ》でもわかるって」

「え？」

伏見の顔が真顔になった。

「海。好きなんだろ？」

「……え？」

完全に表情が曇った。

「海の話じゃ――」

「じゃないよっ」

膨れっ面に変わった。

すると今度は恥ずかしくなったのか、伏見は頰《ほお》を染めていた。

学校では見せないような表情が、ころころと変わっていく。

「……もう……ばか」

怒ったような照れたような顔をして、上目遣《うわめづか》いで俺をじっと見つめる。

俺のこと？　――とは、訊けない。

勘違いだったら、とか、実は恋愛相談を持ち掛けられているんじゃ、とか。可能性は色々とある。

もしそうだとしたら、何で俺なんだ？

だって伏見は、学校で一番人気がある女子。

俺とはただの幼馴染《おさななじみ》。俺を選ぶとしたら、それだけしかない。

もっといいやつ、告ってきたやつの中にたくさんいるだろう。

「ねえ、誰のことだと思う？」

いたずらっぽい顔をして、逆に訊いてきた。

⑩ かつてを振り返って

「イケメン若手俳優の愛称がリョーくんとか、そういう感じ？」

俺《おれ》の発言は、たいそう的を外していたらしく、伏見《ふしみ》は一瞬真顔になると、しらーと半目をした。

「うん、そうそう」

声に感情がこもってねえ。

漫画とかアニメに出てくる幼馴染《おさななじみ》が「諒《りょう》くんが好きっ」って言うんならわかる。

あの手の関係って、二人とも常に一緒にいるしな。

けど、俺たちは中学から高校のこれまで、会話をすることはあまりなかった。

朝起こされることもないし、一緒に登下校することもないし、家族ぐるみの付き合いもない。

落ち着こうと、俺は見つけた石段に腰かけた。

ちょこちょこ、とあとをついてきていた伏見も、俺の隣に座る。

両足を抱えて、体育座りをする。華奢《きゃしゃ》な体がずいぶんコンパクトになった。

俺の視線から逃げるように両膝《ひざ》の中に顔をうずめた。

「ギャル好きの諒くん」

「だから、誤解だって」

何度言えばわかってくれるんだよ。

「あのね、知らないかもだけど、わたし、実はモテます」

「知ってるわ、そんなこと」

さすがに自覚はしてたんだな。数が数だからか。

「わたしが誰《だれ》かに告白されているって知って、なーんにも思わない？」

「何にもってことはないよ」

それについて、何かしらの感想を持つことが多い。

意外そうに伏見の眉《まゆ》が動いた。

「ほんと？」

「ほんと。伏見が誰かと付き合うとか、どうしてかイメージできなかったけど、数も多かったし、何かあってもまたフるんだろうなって」

「それだけ？」

「慣れてからはな。慣れるまでは……」

思い返すように宙に視線をやる。

その慣れってやつがいつからかわからないけど、慣れるまでは中一、中二の頃か。

「慣れるまでは、モヤってしたかな。どうせ、顔がいいからとか、可愛《かわい》いからとか、そんなペラい理由で好きになって告ってるんだろうって」

男子中学生が女子を好きになるのに、顔やビジュアルは、これ以上ない十分な理由になるんだろうな、と今にして思う。

「うん、まあペラかったよね、たしかに。一回もしゃべったことないのに、好きですとか言われてさ。わたしは君のこと顔と名前くらいしか知らないんだけど――っていうパターン、めっちゃ多かったよ。芸能人を好きって言っているのと同じ感覚なのかなって」

言わんとしてることはわかる。

ま、しゃべったことがないやつに好意を打ち明けられて、イエス、ノーを突きつけられれば、大抵後者を選ぶだろう。

「あいつもそいつもこいつも伏見にフラれているから、ダメ元で言ってみっか――って空気は男子の中にあったたな」

伏見に告白するっていう心理的ハードルはかなり低かったように思う。

「うーん、ペラい。非常にペラい……。真剣に打ち明けてくれてるんなら、こっちも真剣に考えるけど、遊び半分で告白されても……誠意も見えないし、お互いたいして知りもしないのに、イエスなわけないいじゃん」

伏見が男子をフる理由は、聞けば聞くほど、腑《ふ》に落ちていった。

全員ってわけじゃないけど、そういうやつが多いらしい。

「さっき、モヤってしたって言ったでしょ？　それは、どうして？」

「どうしてだろう」

「もしかして――やきもちとかっ」

「そんなわけ…………」

わけ……ない。のか？

「姫奈《ひな》ちゃんが他の男に取られちゃうかもしれないよぉ、モヤモヤするよぉ……みたいな」

「俺はそんなナヨナヨしてないから」

でもモヤモヤしたのはたしかなんだよなぁ……。

幼馴染に恋人ができるかもしれないっていう、ちょっとした寂《さび》しさからくる気持ちなのか？

それとも……ライクの感情からくるものじゃなくて――、……いや、いやいやいや……。

「ふふふ。めっちゃ考えてる」

「ライクなのかラブなのかわからないけど……やきもちなんだろうな、きっと」

本人の前で、口に出して言うのはかなり恥ずかしかった。でも、この一言は間違いじゃないと思う。

伏見が窺《うかが》うようにこっちを見ている。

「……くっついても、いい？」

見慣れている顔とはいえ、可愛いもんは可愛い。

内心吐血《とけつ》しそうになりながら、俺は平静を装った。

「うん。いいよ」

「じゃあ……」

ほんの少し距離を詰めて、肩をくっつけてきた。

にへへ、と顔がずーっとゆるんでいた。

「デレデレしすぎ」

「諒くんも、顔、ゆるんでる」

俺もかよ。

両手で顔を洗うようにごしごしと揉《も》んだ。

「……わたし、どんどん悪い子になっていく」

「どういうこと？」

「……今日はこのまま、学校行かずに、二人でいたいって思っちゃった」

「たまには、いい子やめてもいいんじゃない」

「うん。じゃあ、今日だけは、そうする」

俺たちは、このまま学校をサボることにした。

11　ギャル好き発言の功罪

海を眺めたあとは、昼食をコンビニで買ったもので適当に済ませ、あてもなくただ歩いた。

通りにはファミレスもファストフード店もなく、民家や小さな商店が道の脇《わき》に続いている。

車も人通りも少なく程よく静かだったので、適当な雑談をするにはちょうどよかった。

「約束、ほとんど覚えてないけど、一個だけわかったやつがある」

「ほんとっ？　何、どんなの？」

伏見《ふしみ》が嬉《うれ》しそうに目を輝かせた。

「高校生になったら初ちゅーするってやつ」

「はうっ」

どきーん、と硬直する伏見。

「く、クリティカルなやつ、思い出したんだね……」

「思い出したっていうか、メモが残ってて。それで、部屋での行動に納得がいったっていうか」

「バレると、それはそれで恥ずかしいね……」

俺《おれ》が苦笑していると、もぞもぞと小声で聞こえた。

「ち、ちなみに、は……は、初ちゅーは、ま、まだ、ですか……？」

たどたどしい言い草で、恥ずかしそうにこっちを見た。

何で敬語なんだよ。

伏見は、言いにくいことを言ったり訊いたりするときって、敬語になるんだよなぁ。

「……まだだよ」

答えるほうも恥ずかしかった。

「ど、どうせまだだよ。わかるだろ、なんとなく、クラスでの雰囲気とかで」

「わかんないよ、そんなの。一応、一応の確認だから。で、で、でないと！　約束破ったことになっちゃうから、確認！　念のための、確認！」

慌てたように、伏見は両手をぶんぶんと振った。

そういや、伏見は誰《だれ》からの告白も受け入れなかった。

それってもしかして、すでに付き合ってた人がいたから――？

もしそうなら、すべてに納得がいく。

誰にも噂《うわさ》にならないように、それこそ週刊誌の記者から逃げる芸能人みたいに秘密の逢瀬をしていて――。

「けど、よかった。わたしも……その、まだ、だから……」

ぼそっと告白した声が聞こえて、俺は二度見した。

「嘘《うそ》だろ」

「嘘じゃないよ。嘘ついてどうするの」

思わず目線が唇に集中してしまう。

薄い柔らかそうな唇は、今日も少し潤んでいる。

「意外、だった？」

「……」

この唇は、誰ともまだ……。

「……ねえ？」

約束を守り続けるなら……俺……が、最初？

「ねえってば」

「うおおおう!?　——え、何？」

やべ、唇見すぎた。

俺は頭をぶんぶんと振った。

「わたし、裏であれこれ言われてるから、諒くんもそれを信じちゃってるのかなって、思ってて」

「ああ、そういう意味……」

モテるやつってのは、やっぱそれはそれで苦労をするらしい。

俺もその苦労、一回でいいから味わってみたいところだ。

「信じてないけど、学校の伏見ってパーフェクトだろ。外面っていうか。勉強できてスポーツできて、みんなに愛想振りまいて。その分、素の表情が見えないっていうか、何考えてるのかわからないっていうか。だから、何か隠してるような気がする、って思う気持ちもわかるんだよ」

「八方美人なのは自覚してるよ」

「学校でも、俺と一緒にいるときの雰囲気なら、もうちょいみんなも付き合いやすくなるのかもな」

ロクに友達がいない俺が言っても説得力ないか。

視線をつま先に落としたまま、また小声で伏見は言った。

「だって、それは……諒くんが特別だから……」

なんつー殺傷能力の高いセリフを吐くんだ。

「どうかした？」

本人、その自覚ゼロっぽいけど。

ひとまず、話題を変えることにした。

「中一の夏休み明け、服装とか派手になったよな。化粧もするようになって」

制服のスカートもめちゃくちゃ短くなってた。

「あー。懐かしい。そんなこと、よく覚えてるね」

伏見との思い出を覚えている――それだけで、この幼馴染《おさななじみ》は嬉《うれ》しそうにしてくれる。

「いや、すっげー違和感あったんだよなぁ。似合ってるんだけど、子供が背伸びした、みたいな感じがして。夏休みデビューしやがったなってこっそり思ってた」

「夏休みデビューじゃないから。似合ってないって自覚したからすぐやめたんだよ」

本当はギャルが好きでも何でもないから、俺は余計に違和感を覚えたんだろう。

「あの頃母さんが、姫奈《ひな》ちゃんは悪い友達と付き合ってるんじゃないかって、心配してた」

「し、知ってる……ご近所さんで噂になってたことくらい……」

ちなみにうちの妹は、ちょっとしたことでご近所さんからすっげー褒められる。

ギャルなのに挨拶《あいさつ》をした。

ギャルなのにきちんと駐輪場に自転車を停めた。

ギャルなのに愛想がいい。

……ギャルって、実は得するのか⁇

俺は同じことしてるはずなのに、ご近所さんに褒められたことがない。

「わたし、茉菜《まな》ちゃんがギャルになってるのは、諒くんのせいだと思うけどね」

「何……？」

あいつ、得するシステムに気づいてたのか……⁉

隣で伏見が首をかしげている。

「何か微妙に伝わってないような気が……？」

あれこれ話しているうちに、一駅分歩いてしまったらしい。

来る途中に通り過ぎた駅がすぐそばに見えた。

「まだ昼過ぎか」

そうだねー、と相槌《あいづち》を伏見が打つ。これからどうしようか、なんて話をしていると、ポケットの携帯が小さく震えた。母さんからのメッセージだった。

『学校サボったでしょ』

……何で知ってんだよ。家にいないはずなのに。

『学校から携帯に留守電入ってたけど。何にも連絡ないけどどうしたんだって』

あ、そうだ……俺、得意の仮病電話入れるの、忘れてる……。

『どういうこと？』

いつもは、もうちょっと絵文字や顔文字が入ってたりするポップなメッセージなのに、今日は文面がシリアス一〇〇％だった。

汗をダラダラ流す俺を不思議に思ったのか、伏見がひょこっと携帯を覗《のぞ》いた。

「あちゃぁー、怒ってるね、これ」

「何がまずいって、真面目《まじめ》ギャルの茉菜が、母さんからの指示を受けて俺の飯を作ってくれなくなるってことだ」

「ほわちゃぁ」

何でリアクション、カンフー？

「行こ、学校？」

「そ、そうだな。昼過ぎでも登校すりゃ、一応遅刻扱いになる」

ま、サボりはサボりなんだけどな。

「悪い。俺のうっかりミスで」

「ううん。席が隣同士だから、一緒にいられることには違いないなって気づいちゃった」

てへへ、と伏見が照れ笑った。

⑫ 押し付け合いの空気が苦手

『にーに、アウト』

ひと言、茉菜《まな》からメッセージがきた。

俺《おれ》が先回りして、言いわけを茉菜にしようとメッセージを入力していたときのことだ。

文章のあとは、バツマークと鬼みたいな絵文字で埋め尽くされていた。

ぐふっ……。や、やっちまった。

これは、本格的に飯抜きパターン……！

学校に重役出勤ならぬ重役登校をした俺と伏見《ふしみ》は、午後二番目の授業を受けていた。

担任の英語の授業だったので、それに触れられないわけもなかった。

伏見への追及はあっさりしたものだったけど、常習犯の俺はマークされているらしかった。

「高森《たかもり》、遅刻か？　いつから来た？」

「えと、さっきっす……」

「連絡しないのはいいけど、困るのは自分だかんなー」

と、皮肉っぽいことを言って、からりとした笑顔で授業をはじめた。

そしてまさに今、その皮肉が身に染《し》みているところだった。

隣の伏見が机をくっつけてきた。

外面抜群のプリンセススマイルをする。

「教科書、忘れちゃって……見せてもらっていい？」

「いいよ」

けど、俺はさっき見た。

英語の教科書、一回机の上に出したよな？　で、何かを思い出したように引き出しにしまったよな？

「よかった、諒《りょう》くんが教科書持ってきてて」

しかつめらしい表情で、ぬけぬけと嘘《うそ》をつく伏見。

……自分でさっき言ってたけど、悪い子になっちまいやがって。

教科書を真ん中において、適当に板書しながら、茉菜に謝罪文を打つ。

「どうかした？」

「いよいよ、本格的に晩飯抜きの可能性が……」

メッセージを送ると、すぐに返信があった。

『あたしに謝っても意味なくない？』

ごもっともです。

母さんには平謝りするしかねえ。

文面を考えていると、

「高森、この空欄、何が入ると思うー？」

うげ、当てられた⁉

「ええっとぉ……」

話、全然聞いてなかった――！　てか、それを見越して当ててきたな！

意地悪そうな笑みを浮かべる先生。あの人、絶対Sだ。

授業に集中してない人はこうなりますよっていう、見せしめ感がひしひしと伝わってくる。

黒板見ても教科書見ても、さっぱりわからん。

とんとん、と伏見が机を軽く叩《たた》いた。

俺の真っ白なノートに、何か書く。

『ｗｈａｔ』

ちら、と目をやると、小さくうなずいた。

「ｗｈａｔ、です」

正解したたっぽい。

先生が、壊れたおもちゃを見るような、冷めた目つきになった。

つまんねえ、とか思ってそう。

「……そう。この英文の場合だと――」

一瞬止まった授業が流れはじめ、俺はほっと息をついた。

『サンキュー』

『どういたしまして』

伏見は、得意満面の笑みだった。

『今度から気をつけなきゃダメだよ?』

『わかってる』

『ワカちゃん、よく見てるんだね』

ワカちゃんってのは、今前で授業をしている若田部先生のことだ。

まったくもって同感だった。

他にも、居眠りしてるやつ、近所でひそひそ話をしてるやつ、授業を聞いてないやつを片っ端から当てていった。

去年からそうだったけど、気が抜けねえ。

今日のまとめとして、配られたプリントの問題を解くことになった。

……まあ、適当に穴埋めすりゃいいか。

ずいっと伏見がこっちの机のほうへ乗り出してきた。

体が近いせいか、動くたびにふわりといい香りが鼻先に漂う。

「んとね、そこは——」

「い、いいって、大丈夫だから」

「え、でも……教科書ちゃんと見ればわかる問題だから」

そ、そうなの？

「教科書の、ここ。この英文に書いてある通りで——」

丁寧に伏見は問題の解き方を教えてくれる。

同じ授業を受けていたのに、理解力にこんなに差があるとは……。

ずーっと同じクラスで同じ授業を受けてきたはずなのに、どこでどうなって今こうなってるんだ。

「これで諒くんも、大丈夫なはず」

「頭いいな、伏見」

「えへへ。でしょ？　もっと褒めていいんだよ？」

そう言って照れ笑った。

「次の授業のホームルーム、委員会決めるからなー？　ちゃんと決まってないのここだけだから、決まるまで帰らせないぞー」

と、授業が終わる間際《まぎわ》、先生がそう言って出ていった。

昨日決める時間があったけど、学級委員を含め、何も決まらなかったのである。

学級委員をはじめ、美化委員だの図書委員だの保健委員だのある委員会は、クラスの半数が何かをやることになる。

この半数ってのが厄介で、そんな面倒なこと誰《だれ》もしたがらないから、去年はクジで決めていた。

「諒くん、委員会入る？」

「入りたくないけどなぁ、できれば」

だよねぇ、と返ってきた。

机を元に戻すと、学校一の美少女の周りは数人の女子で囲まれた。

やれ委員会の話だの、遅刻の理由だの、何だのの話をしていた。

人気者は相変わらず大変らしい。

チャイムが鳴ると、先生が戻ってきた。

黒板にカツカツ、と各委員会を列挙していく。

どれも男女一人ずつだ。

先生がパイプ椅子《いす》の背もたれを前にして座った。

「みんな去年どうやって決めたの？　クジ？　いや、クジはなぁ、ドラマがないからつまらないんだよなぁ……」

ドラマってなんだ、ドラマって。意味わからん……。

ていうのは、たぶん、みんな思っただろう。

「わかる。ドラマ……大事……」

隣の幼馴染《おさななじみ》は激しく同意してたけど。

みんなの総意は、ちゃっちゃと誰かに決まってさっさと帰りたい、だと思うんだよな。

「学級委員から。自薦他薦は問わないぞー」

『りょーくん、何か一緒にやっちゃう?』

たとえば、伏見が俺を学級委員に推薦したとする。

改めて想像してみると、それほど嫌でも苦でもない。

誰かに指名されたとして、断固として拒否するほど強い主張でもなかった。

「……じゃあ」

軽く手を上げると、先生が目を見開いた。

「お、おおお、意外！　サボり王子が！　まさかの！」

サボり王子て。まあ、間違っちゃいないからいいけど。

「適当っすけど、俺でいいんなら」

「結構！　はい、拍手」

先生が快活《かいかつ》に言って、率先して手を叩く。教室中からまばらな拍手が起きた。

「諒くん、学級委員なんて、すごい意外」

「誰かがやらなくちゃいけないんだったら、俺でもいいかなって思って」

感心したように瞬きをする伏見は、何かを決意したように大きくうなずいた。

「じゃあ次、女子ー、学級委員女子ー」

さっきまでしんとしていたのに、均衡が崩れたようにざわつきはじめた。

「高森が学級委員かぁ……まさかの展開だ。いいねえ、ドラマだねー」

とアラサーの英語教師が満足げにうなずいている。

「はいっ」「はい」

伏見が挙手したのと同時に、誰かが声を上げた。

「おお……伏見と鳥越《とりごえ》……」

え？　鳥越？

「鳥越さん？」

伏見と同時に後ろの席を振り返る。

俺のランチメイトの鳥越が、物静かな顔で挙手していた。

⑬ 安牌

伏見《ふしみ》と鳥越《とりごえ》が同時に手を上げたことで、教室内に変などよめきが起きた。

「「「「おぉぉぉ……」」」」

「無口ビューティとプリンセスの一騎打ち……」

「が、頑張れ、『実は美少女説』がある鳥越……！」

男子たちが適当なことをひそひそと言い合っている。

そんな中、隣の幼馴染《おさななじみ》は、立ち合いに臨む剣士みたいな凛々《りり》しい顔つきで、手をピシッと上げている。

この顔は、譲る気ないな……。

「どうする、どうする？　話し合うか？　ジャンケンやクジなんてつまんないもんな？」

ドラマをほっしている担任は、二人を煽《あお》るようなことを言う。

どうするんだろう、と俺《おれ》は他人事みたいに二人を交互に見ていたら、

「……伏見さんに、譲ります」

す、と鳥越が手を下げた。

ふんすふんす、と鼻を鳴らしている伏見。顔に「勝利」って書いてあった。

「あー……そう？　じゃ、学級委員は高森《たかもり》と伏見な」

先生が改めて言うと、俺たちに注目が集まった。そのときには、ふんすふんすとやっていた伏見は、いつの間にかお淑《しと》やかな微笑を湛《たた》えていた。

表情が全然違う。器用だな、伏見。

俺たち二人が前に出て、委員会決めの司会進行をする。

「伏見が仕切ってくれるんなら、私はいなくてもいいな」

安心したようにワカちゃんは言う。俺は？　ねえ、俺は⁇

「じゃあ今日中に頼むわぁ」と、教室をあとにした。

先生がいなくなったことで、空気がゆるんだ。私語がちらほら飛び交うようになった。

「次、美化委員――やりたい人いますか？」

伏見が話を進める。俺はそのフォロー。そのほうが上手《うま》く回るだろう。

実際、伏見の影響力がそうさせたのか、とんとん拍子に委員会は決まっていった。

「ユウトと委員会も一緒……？」

「ったく、しゃーねーな」

こんなふうに、カップルでその委員会に収まることもあった。

「チ」『チッ』『チ』『チ――』『チ」

イチャつく二人を見て、教室中から舌打ちの音が聞こえた。

あんなふうに公然とイチャつかれるとなぁ……。

これだから派手グループのカップルは。

「教室は公共の場所で……。好きだからって理由で同じ委員会とか……」

やれやれと頭を振って、誰《だれ》にも聞こえないようにぼそっと言うと、そばにいた伏見には聞こえていたらしい。

……すげー悲しそうな顔をしてる!

「そ、そうだよね……。そんな理由、ダメだよね……」

うるるるるるるるるる。

ぶわあ、と今にも瞳《ひとみ》から涙がこぼれそうだった。

「どうした伏見! みんな見てるぞ、落ち着けー」

小声で言うと、周囲の状況をよく見た伏見。

すすす、と瞳が渇いていった。

涙引っ込むの早っ。女優かよ。

ちなみに、『実は美少女説』があったりなかったりする鳥越は、図書委員になった。

似合う。うん。似合う。

じいっと鳥越を見るけど、顔の印象が薄い。

それは、正面でむき合って話したり面とむかって昼飯を食べたりしたことがないせいだろう。

見れば鳥越の顔だって認識できるけど、帰って思い出せって言われると、少し時間が要る。

ガタン、と男子が一人スポーツバッグを持って席を立った。

「どこ行くの、吉永くん？」

すぐに声をかけた伏見。新クラスになってまだ一週間経《た》ってないのに、よく顔と名前覚えられるなー。

「もう決まったし、部活行ってもいいだろ？」

「え、でもまだ授業中で……」

このホームルームが今日最後の授業。委員を決めることが最大の目的で、担任のワカちゃんもすでにいない。

あと一〇分ちょいで放課後だし、ちょっとくらい早めに終わってもいいんじゃないか。

って、俺も思う。

でも、伏見はそうじゃないらしい。

「まだ何かあんの？」

「ない、けど……」

頭が固くて真面目《まじめ》で融通が利《き》かないのは相変わらずのようだ。

「じゃあいいだろ」

少し苛立《いらだ》ったように吉永が言うと、伏見が押し黙った。

伏見は、ワカちゃんにあとを頼むって言われてるしな。

そんで、とくに伏見は頼られている。

先生からの信用や学級委員の責任とか色々あるそれが、上手く言葉にはできないんだろう。

「あと一〇分くらい、席で適当に過ごしててくれよ。頼む」

俺が小さく頭を下げると、教室がしんとした。

あれ……俺、なんか変なこと言った……？

ガタ、とまた椅子《いす》を引く音がした。

「……わかったよ。カリカリして悪かったな」

どさ、と床にバッグを置いた吉永がまた席についた。

「助かる」

教室のみんなが、安堵《あんど》したように息をつくのがわかった。

それと、好奇の目線が俺のほうへむけられている……。

「こいつ、こんなこと言うキャラなんだ」とか言いたそう。

俺だってキャラじゃないことはわかってる。でもまあ、伏見が困ってそうだったから。

「諒《りょう》くん、ありがとう」

「気にすんな」

伏見と仲がいい女子……俺とも去年クラスが一緒だった倉野が「ねーねー」と声を上げた。

「姫奈《ひな》ちゃんさ、高森《たかもり》くんと仲よさげだけど――」

ピキーン、と主に男子から殺気めいたものが放たれた。

新クラスになってから、誰一人として触れなかったこの話題。

殺気立つ男子だけじゃなく女子も興味津々の様子だった。

「ああ、うん。幼馴染だから」

この情報を知らない人もかなり多かったらしく、とくに男子からの殺気がスゥ、と消えた。

「だから仲いいのか」

「幼馴染……」

「青春ワード ど真ん中……」

「でも……あれじゃん」

「うん、あれだよ」

「「「何だかんだで、絶対くっつかないパターンのやつ」」」

聞こえてた伏見がくすくすと笑って、いたずらっぽい顔をして尋ねた。

「そうなの、諒くん？」

「な……何で俺に訊くんだよ」

何でだろうねー？　と伏見は楽しそうな笑顔をしていた。

⑭ カボチャ畑

高森《たかもり》と伏見《ふしみ》は幼馴染《おさななじみ》——。

放課後だっていうのに、一斉にその情報は広まった。

そのせいか、伏見と俺《おれ》が一緒に帰るのは自然なことだと思われたらしい。

これまで（あいつなんだよ？）的な視線を男子各位から送られていたけど、幼馴染という肩書は絶大で、俺は安牌《アンパイ》という認識になったようだ。

（あいつは幼馴染だから大丈夫）（オレたちのアイドルは奪われない）的な視線が多くなった。

なんなら、将を射んとする者はまず馬を射よ——とでも考えているのか、まず俺と仲良くしようとするやつも現れた。教室から昇降口までの短い時間にだ。

「我が校のプリンセスの影響力は半端《はんぱ》ねえな」

さしずめ俺は、姫お付きの従者ってところか。

「え？　何？」

きょとん、と首をかしげる伏見に、俺は何でもないと首を振った。

学校をあとにして、帰路を歩く。

「諒《りょう》くん、吉永くんのやつ、あれ、本当にありがとう」

「なんだよ、改まって。お礼はさっき聞いたけど」

「ううん。もう一回言おうと思って。また助けてもらっちゃったね」

そんな大層なことでもないけどな。

「ま、運動部は春の大会とか近いから、ピリピリしてるんだろ。にしても、相変わらずクソ真面目《まじめ》だな、伏見」

「え、嘘《うそ》。そんなことないってば。普通だよ、普通」

どうだか。

「な、何その目……」

「俺と茉菜《まな》と伏見の三人で、一個のショートケーキ分けるってことあったよな。結構前」

「あったっけ？」

「上手《うま》く三等分できないから、めっちゃ泣いてたもんな」

「――そ、そんなことあったっけ？」

伏見姫奈《ひな》の黒歴史ノートこと俺。大失敗エピソードは結構覚えている。

「あったあった。イチゴが分けれない～って。俺と茉菜が引くレベルで号泣」

「しっ、知らない、知らない！　そんなの知らない！」

顔をそっぽにやって、知らないを連呼した。

この反応、元々覚えていたか、俺の話を聞いて思い出したかのどっちかだな。

「バカにしてるわけじゃないよ。真面目なんだなーって思ってさ」

「絶対ディスってるじゃん……顔がニヤニヤしてるもん……」

羞恥心《しゅうちしん》か怒りか、それともその両方か、伏見は顔を赤らめながら半目で俺を睨《にら》む。

「……てか、大事な約束とかは忘れてるのに、どうしてそんなしょーもないことばっかり覚えてるの！」

からかいすぎたらしく、手痛い反撃にあった。

それを言われると、ぐうの音も出ねえ。

「約束って、何個？」

「そこからー？　んもう……煩悩と同じ数くらい」

「まじかよ」

一〇〇個越えてるってことか？　覚えていられるわけねえ……。

頼みの綱は約束メモだけど、俺がメモってるのは、小学生のときのノート。

探せば専用ノートが出てくるのかもしれないけど、今のところ心当たりはそこにしかない。

電車に乗って最寄り駅まで着くと、改札を先に通った伏見が、くるん、とスカートを翻《ひるがえ》しながら振り返った。

「今日は駅前でバイバイしよ」

「ああ、うん。どっか寄るところでも？」

「え？　ああ、ええと、うん、そんな感じ！」

返答が曖昧《あいまい》で歯切れが悪い。

表情がどことなくぎこちない。

「どこ行くの？」

「ど、どこでもいいでしょー」

怪しい……まあ、隠したいことがあるんなら、これ以上詮索《せんさく》するのはやめておこう。

冷や汗らしきものは見逃すことにして、俺たちは駅前でわかれた。

「今日は本気でマジで無理なやつだから」

キッチンに立つ茉菜はいつになく冷たい。

「まあまあ、茉菜ちゃん、そこをなんとか」

包丁の手を止めて、肩越しにこっちを振り返る茉菜。

ゴテゴテのネイルだと料理しにくいんじゃないか？　って前言ったら、「質問が素人《しろうと》くさい」って言われた。悪かったな、素人で。てか玄人《くろうと》はどんな質問するんだよ。

「無理よりの無理だから。ママにキツく言われてるんだから。サボって何してたの？」

「……え。そりゃ……電車、乗り過ごして……」

「乗り過ごしたら戻ればよくない？　すぐ折り返せば学校遅刻しないっしょ」

く。ギャルのくせに賢いな、こいつ。

伏見にまだ一緒に乗ってたいと言われた、とは言えなかった。

「何ニヤニヤしてんの」

「し、してねえわ」

けど、今日はマジで無理なやつだ。自業自得とはいえ、晩飯抜きはツライ。

「じゃあお菓子とかは」

「にーにがこの前勝手に食べたポテチで最後。まだ補充してない」

八方塞《はっぽうふさ》がりだった。

今日は一晩、貝のように大人しく静かに過ごそう……。

コンビニ行こうかと思ったけど、財布にそんな余力はなさそうだった。

そんなとき、携帯がポコン、と鳴った。何かメッセージを受信したらしい。

『今から行くね』

伏見からだった。もう夜の七時になろうかという時間だ。

『いいけど、何しに?』

既読にはなったけど、返信はなかった。

しばらくすると、家のチャイムが鳴らされ、茉菜が出るよりも先に玄関を開けた。

「どうかした?」

「……えっとね、これ！」

じゃじゃん、と昭和くさい効果音を口で言いながら、伏見がハンカチに包まれた箱のようなものを出した。

「お弁当、作ってきた」

その笑顔の後ろでは、後光がさしているように俺には見えた。

「わざわざありがとう」

「晩ご飯抜きかもって言ってたから、それで」

まだ制服のままだった。

てことは、帰りにスーパー寄って料理してきたのか？

俺のために……。

じいん、としていると、

「そう感激しないでよ。……私が作りたかったの。諒くんのために」

学校では見せないような、照れた笑みを浮かべた。

「あ、あがる？」

「ううん。いきなりだったし、時間も時間だから迷惑になっちゃう」

天使みたいな笑顔でニコニコする伏見は、「また明日ね」と手を振って去っていった。

「手作り弁当……」

さっそく部屋に戻って食べることにした。

かぱっと蓋《ふた》をとると、一面茶色かった。

カボチャの煮物が、パンパンに詰まってた。

「べ、弁当……？　お裾《すそ》分《わ》け……？」

どっちだ。でも弁当って言ってたよな、本人。

カボチャの煮物、好きだからいいけど――素直に喜びにくい！

『いっぱい食べてね！』

サプライズお弁当大成功って思ってるんだろうか。

ある意味サプライズだけどな！

『諒くん、好きって言ってたの思い出しちゃって』

限度とバランス！

弁当箱じゃなくてカボチャ箱になってるじゃねえか。

「まあ好物だからいいんだけど……腹も減ってるし」

何だかんだ言いながら、俺はカボチャの煮物を全部食べた。味は、普通に美味《おい》しかった。

⑮　テンプレ幼馴染

「にーに、姫奈《ひな》ちゃん来てるけど？」

そんな声が聞こえた気がして、目を開ける。

目覚まし時計は鳴る前で、まだ七時だった。あと三〇分寝れるんだけど……。

むくりと起きて、さっきの声が幻聴なのかどうかを確認すると、エプロンをつけた茉菜《まな》が部屋の入口に立っていた。

「姫奈ちゃん何で来たの？」

「知らねえよ……」

携帯を見てみると、伏見《ふしみ》からの着信が六時半にあった。

……緊急の用事とか……？

「……お腹《なか》空かせてると思って、ご飯いっぱい作っておいたから」

「さんきゅ……。おまえはいい嫁になる」

ギャルだけど。

「っ。そ、そんなこと朝っぱらから言うなぁー！」

とりあえず、スウェットのまま出るのもあれなので、上着を着て玄関へむかった。

「諒《りょう》くん、おはよ」

「ああうん、おはよ」

「起こしに来たんだけど、ちゃんと起きてるね」

えらいえらい、とまだ半分寝ている俺《おれ》の頭を、伏見は撫《な》でる。

「起こしに来たって、まだ早くね……？」

「そうかなー？　わたし、六時半起きだから」

早ぇな。俺と時差一時間もあるじゃねえか。

家から学校までは、徒歩と電車の時間を合計して約三〇分で着く。

八時半がホームルームなので、八時前に出れば十分間に合うのだ。

「学級委員だから、遅刻できないなって思ったら、目が冴《さ》えちゃって」

目がギンギンだった。こっちはまだしょぼしょぼしてるっていうのに。

すでに伏見は、『伏見姫奈』として完璧《かんぺき》に仕上がっていた。

「出てくるまで、外で待っててもいい？」

「いいけど」

ありがと、と言って、伏見は玄関から出ていった。

今から二度寝するのも危険なので、俺はダイニングで茉菜が用意してくれた朝食を食う。

「何しに来たって？」

「ううん、お迎え？」

「あぁいうことする人だっけ、姫奈ちゃんって」

そんなテンプレ幼馴染みたいなことをする人じゃなかった。

でも昔、小学校低学年のときは、そういうこともあった。なんか懐かしいな。

「付き合ってんの？」

「ぶほぉ⁉」

味噌汁吹き出しかけた。

「いや、そんなことないぞ」

俺が言うと、「ふうーん」と茉菜は一度玄関のほうをちらっと見た。

手早く朝食を済ませ、準備をして家を出る。携帯片手に時間を潰《つぶ》していた伏見と合流して、登校した。

去年、学級委員の仕事を見ていたけど、そんな大したことはしない。

授業の最初と最後に号令したり、課題のノートを集めて先生のとこに持っていったり、先生の連絡事項を伝えたり、雑用がほとんどだ。

行事でクラスをまとめる必要があったりするけど、こっちには影響力抜群の真面目《まじめ》プリンセスがいるから、心配しなくても大丈夫だろう。

放課後になり、席で学級日誌を書いていると、隣に座っている女子がじぃーっとこっちを見ている。

「……何？」

「ううん。頑張ってるなーって思って」

ニコニコしながら伏見は俺に注目する。

そんなに見られるとやりにくいんだよなぁ。

授業とその内容を簡単に書いていき、ぱたりと閉じる。

いつの間にか、教室には俺と伏見だけになっていた。

俺を見るのに飽きたのか、気を許した猫みたいに伏見は机の上に突っ伏していた。

これを担任のところへ持っていけば、学級委員としての一日が終わる。

「お昼、鳥越《とりごえ》さんとどんな話をしてるの？」

「いや、なんにも」

「本当に？」

「本当に。今日はお互い『あ、来たな』っていう目線を交わして、ずっと無言だったよ」

前からずっとそんな感じだ。会話しないと気まずいとかそういうのは一切《いっさい》ない。

「どうして、鳥越さんも立候補したんだろう」

「え？」

頬《ほお》を少し膨らませた伏見は、そこに答えが書いてあるかのように、じぃいいいと俺の顔を見つめる。

「内申点とか？」

「あー……来年は三年だもんね、わたしたちも」

真偽は定かではないけど、適当に言った回答に一応納得してくれたらしい。

学級日誌と鞄《かばん》を持って、静かになった廊下を歩く。ときどき吹奏楽部の演奏がぼんやりと聞こえてきた。

「諒くんも内申点狙《ねら》いなの？」

「そんなこと気にするやつは、学校サボったりしねえよ」

「それもそっか」

強いて言えば、あの空気だ。「誰《だれ》かやれよ」っていう、あれ。

苦手なんだよな、あの空気。

色んな意味で声のデカいやつが、勝手な意見を通して、その押しつけが自分に回ってくるんじゃないかって、ちょっと思ってしまう。

職員室の担任の席に学級日誌を置いて、学校をあとにする。

窓の外が雲で暗くなり、なんか雨降りそうだな、と思ったときには、ぽつんぽつんと雫《しずく》が一粒二粒とガラスにぶつかり線を引いた。

昇降口でスニーカーに履《は》き替えたころには、目に見えるレベルの雨が降り出した。

「諒くん、傘ある？」

「いや。予報じゃ降らないって言ってたんだけど」

「ふふ。そういうこともあろうかと――」

「あ、置き傘みっけ！」

昇降口の傘立てに、黒い傘が一本あった。

誰かの傘ではなく、みんなの傘っていう認識で、緊急時はこれを借りて、きちんと返すのが暗黙の了解となっていた。

「えっ。か、傘あるんだ」

「ありがたく使わせてもらおう。伏見、さっき何か言わなかった？」

「い、言ってない、言ってないよ！」

首も両手もぶんぶんと激しく振った。

「そうか？」と俺は立てかけてある傘を手に取り開く。二人分には少し小さいけど、ないよりマシだろう。

降りしきる雨の中、俺たちは駅へとむかう。

「くっつかないと濡《ぬ》れるかも……くっついて、いい……？」

「だったら、これでどう？」

傘を伏見側で持つ。

これなら濡れないだろう。

「それじゃあ諒くんが濡れちゃう」

「濡れるっていっても肩くらいで」

「いいからっ」

ずいずい、と距離を縮めて、伏見の肩がずっと腕に触れている状態になった。

「これでオッケー」

こんなに近いと、俺はオッケーじゃない
そういや昔。黒板に伏見が相合傘を書いたことがあった。

『りょーくんと、ひなの、あいあいがさ！』

『何、それー？』

『こうすると、二人はけっこんするの！』

『あいあいがさが何かは知らないけど、たぶんちがうとおもうよ』

間違えて覚えたその効果を今もまだ信じてたりして。

……ん？

伏見の肩にかけた鞄から、紐《ひも》らしきものが出てないか？

「でね――そんでさ――」

楽しそうに何か話すけど、紐の正体のほうが気になった。

よく観察してみると、紐の先には持ち手のようなものが見えた。

……あれ、折り畳み傘じゃね？

「伏見、傘持ってる？」

「────え？　も……持ってるワケないじゃん」

顔をそらしながら言われた。おい、それ、俺の目を見て言え。

慌てたように伏見は、出ていた紐を鞄の中に押し込んで見えないようにした。

「……………」

「…………そんでさー」

「思いっきり話題変えてきた⁉」

観念した伏見が、唇を尖《とが》らせた。

「い、いいでしょ……ちょっとくらい……。好きな人と、相合傘……憧《あこが》れてたんだから」

そう言って拗《す》ねたように眉根《まゆね》を寄せた。

「……したかったの、相合傘」

恥ずかしそうにつぶやいて、ほおを染めた。

学校では見られない表情に、俺は思わず笑ってしまった。

「何で笑うのー？　もう」

困ったように言って、伏見も笑った。

通り雨だったらしく、駅に着くころには雨は止んだけど、傘を畳むまで伏見はずっと肩を俺にくっつけていた。

⑯ ワンチャンは狙わない

二人で一緒に帰っていると、それまで何も言わなかったせいか、『弁当』の感想を求められた。

「え、弁当？」

「そ、そう。食べた？」

「食べたよ。美味《おい》しかった」

まだ曇っている空とは真逆の笑顔を伏見《ふしみ》は咲かせた。

「そっかそっか、美味しかったかぁ。昔取った杵柄《きねづか》っていうの？　ちっちゃい頃からあれだけは上手に作れたんだよね」

あれだけ……？

何なんだ、その一点突破型の料理スキル。

思えば、幼い頃から俺《おれ》は甘い物が好きだった。お菓子はもちろんだし、甘めに味付けされた料理とかも好物だった。

「これで、ひとつ完了だね」

「完了？　何が？」

ニッコニコだった笑顔が曇り、機嫌悪そうに半目をした。

「出た……変なことだけ覚えてるのに、わたしとの約束全然覚えてない症候群」

症候群て。

「カボチャの煮物をたくさん食べさせる的な約束？」

いよいよご機嫌斜めな伏見は、つーんとそっぽをむいた。

「それなら、俺だって言いたいことがある。漬物とご飯くらい入れといてくれよ。あれ、弁当じゃなくてお裾《すそ》分《わ》けだから。煮物いっぱい作ったからご近所さんに分けてるだけだから」

ぷくっ、とフグみたいに膨れた。

「そういう、『俺のたとえツッコミ面白《おもしろ》いだろ』って顔するの、やめたほうがいいよ」

微妙にグサッと刺さった。

そんな反撃、なしだろ。

「そんなつもりないから」とだけ、どうにか返した。

こんなふうに切り返されると、俺は今後何にもツッコめなくなるぞ……！

無言になった伏見が、つま先を見ながらぼそりとつぶやいた。

「だって……あれしか上手にできないんだもん……。美味しいって、言ってほしかったんだもん……」

参った。もう、俺の負けだ。

計算じゃなくて、心からの言葉なんだろう。

伏見が頭で考えて話せば、俺への対応も、学校にいるクラスメイトたちと同じになるだろうから。

そんなふうに俺を想《おも》ってくれている気持ちを、悪くなんて思えない。

さっき完了って言ったことから、俺と伏見が昔交わした約束のひとつでもあったわけだし、当時の俺が、いっぱい食べたいとか、そんな頭の悪いことを言ったんだろう。

「俺の好物、作ってくれてありがとう」

「うん……」

「もし、次の機会があるなら、違う料理にもチャレンジしてもいいんじゃない？」

「わたし、茉菜《まな》ちゃんみたいに上手《うま》にできないから」

「いいよ。それでも。最初から上手いやつなんかいないんだし。俺、ちゃんと食うから」

口元を綻《ほころ》ばせながら、

「じゃあ……頑張るね？」

とだけ言った。

次があれば、今回みたいなカボチャのお裾分けドッキリってことには、もうならないだろう。

伏見を送るため、伏見家のほうへ歩を進めていると、思い出したように言った。

「お弁当箱、どうしてる？」

あ。昨日食ったまま部屋に置いてる。

「悪い。洗って明日返すよ」

「ううん。こっちで洗うから大丈夫だよ」

「いや、でも――」

「いいのいいの」

作ってもらって、さらに弁当箱を洗わせるのは、申し訳なさがあったけど、「いいの」を連発する伏見に屈することになった。

「そ、その代わりだけど……また、諒《りょう》くんち行っていい？」

て――照れながら言うのやめろっ。

こっちまで照れてくる……。

何もしない。何も。そう、何もだ。

仲のよさにつけこんで、スケベなことをするような男じゃない。断じてない。

オーケー。俺は異常なし。オールグリーン。いつも通りだ。

「い……い、いいけど」

「何か緊張してる？」

「し、してねえし」

そお？　と首をかしげる伏見を、俺は再び家へと招いた。

玄関には見慣れたローファーが揃《そろ》えて置いてあった。

茉菜がもう帰ってきているらしい。

物音で帰宅に気づいたようで、パタパタとスリッパを鳴らして茉菜がやってきた。

「にーに、さっきの雨大丈夫――だ、った――」

「茉菜ちゃん、お邪魔するね」

「ああうん。いらっしゃい……」

きょとんとした茉菜が、何度も瞬きしながら、俺と伏見を見比べる。

「にーに……姫《ひ》奈《な》ちゃんを部屋に入れて、どうする気……？」

「どうするって、どうもしねえよ。来たいって言われたから――」

真偽を確かめるように、ぐりん、と首を回して茉菜が視線で尋ねていた。

「う、うん。そう」

「えぇえ……ちょっと待って。清楚《せいそ》ビッチじゃん。うわあ、中学のときのイメージ崩れるぅ」

「ち、違っ！　そういうんじゃない、そういうんじゃないから！」

顔を赤くしながら伏見が慌てて否定《ひてい》した。

「姫奈ちゃん、にーに、童貞だから気をつけてね。ワンチャン、常に狙《ねら》ってるから」

「おい、妹。俺はそんなガツガツしてねえぞ」

てか何で俺が童貞だって知ってんだ。

「あたしがいてよかったよ。抑止力になるから」

「だからしねえって言ってんだろ」

プシーッ、と隣で蒸気が上がるのが見え、伏見が顔を真《ま》っ赤《か》にしてうつむいていた。

「──わ、わたし、よっ、ようっ、用事思い出したから、帰るねっ」

ところどころ裏声になった伏見は、逃げるように玄関から出ていった。

「おまえがおちょくるから」

「おちょくってないし。本当のことだし」

それにさ、とこっちもこっちで頰《ほお》を染めながら、茉菜が目をそらす。

「い、嫌じゃん……二階から、ドッタンバッタンギシギシって物音が聞こえたら」

「プロレスごっこしてるんですねわかります」

「あたしがいないときならいいから。あのさ……も、持ってる？　ちゃんと」

モッテル？　何を？

無反応な俺を見て、「だから、コレだよ……」と、茉菜は恥ずかしそうに指で輪を作った。

「……お金？　……は、あんまり持ってないぞ」

茉菜が決意に満ちた瞳《ひとみ》をしている。にーにが不甲斐《ふがい》ないからあたしがしっかりしないと、みたいな目。

「──あたしに任せて。ちょい恥ずいけど、ドラッグストア行って買ってくるから」

だから、何をだよ。

⑰ さすさす

その夜は、和風な夕飯だった。

ひじきの煮物に、焼き魚と肉じゃが。あと味噌汁。

ギャルだけどいい嫁になるわ、この子。

仕事から帰ってきた母さんと三人での夕飯だった。

「……茉菜《まな》ちゃん、彼氏でもできたの？」

「えー？　できてないけど。何で？」

「本当に？　じゃ何であれ買ってたの？　ゴム」

「えっっっ⁉」

カチーンと茉菜が固まった。

ヘアゴムのことか。髪を結うこと多いもんな。

「み、見られてた――」

「いや、私じゃないんだけどね。ドラッグストアでお隣の田之上の奥さんが」

「さー――細心の注意を払ったのにっ！」

「……そんな男はやめたほうがいいよって言ってて」

「は――――んっ⁉」

賑《にぎ》やかだなぁ。

今日の味噌汁も美味い。

「にーにが童貞のせいで、あたしが辱《はずかし》めを受けて……」

「何の話だよ」

俺《おれ》関係ないだろ。

「そういう勉強もしときなよって話！」

妹にキレられたけど、何のことかわからないので、俺はぽかんとするしかなかった。

「昨日の晩に、そういう話があって――」

翌朝の学校までの道で、俺は思い出したように伏見《ふしみ》が帰ってからの話をした。

「ええぇ……。茉菜ちゃん、可哀想《かわいそう》……」

「え、何で？」

「諒《りょう》くんって察しがいいのか悪いのか、謎《なぞ》だよね」

なんか、俺が悪者になってるのは納得いかねえ……。

肝心なところはみんな教えてくれないし。

もやもやしながら歩いていると、「おはよー」と伏見が挨拶《あいさつ》をされていた。

同学年の女子で、名前は知らない。短いポニーテールでスポーツバッグを持っているあたり、運動部なんだろう。

「おはよう」

学校用のお淑《しと》やかなプリンセススマイルで伏見は挨拶を返した。

『おはよう』より、『御機嫌よう』のほうが似合いそうな笑顔だ。

「姫奈《ひな》ちゃん、やっぱ部活入らないの?」

「うん。高校からは、もういいかなってなって」

ニコニコしながら話しかけてきたくせに、その女子の目が一気に冷めたものへと変わった。

「ふうん、そう。ま、遊んでるほうが楽しいもんねー」

「そういうわけじゃ……」

伏見の笑顔に困惑が混ざったのがわかる。

「気が変わったら陸上部来てよ。みんなとも仲がいいんだし」

「うん。誘ってくれてありがとう」

俺を一瞥《いちべつ》したその女子は、離れていくと同じバッグを持つ女子の輪に加わった。

伏見は、運動神経がいい。中学のときは陸上部で、短距離走と走り幅跳びをやっていた。体育で何回も見たけど、陸上だけじゃなくて球技もかなり上手《うま》い。

人数の少ない運動部が、伏見を勧誘するのを何度か見かけたことがある。

「二年になっても、まだ誘われるもんなんだな」

「うん。そうだね」

表情が少し硬い。

「……嫌なら嫌だって言ったほうが、お互いのためだと思うぞ？」

「それはそれで、角が立つのが女子なんだよ、諒くん」

……面倒くせえな、女子って。

まあ、さっき断ったら、俺でもわかる皮肉を言われたもんな。

帰宅部は楽しそうでいいね？　みたいな。

「あんなこと言ったら、その部活に行きたいなんて思うわけないのに」

「ちょっとイラってしちゃったんだと思うよ」

伏見は優しいな。ちゃんとフォローしてあげるなんて。

「どこか一つの部活に参加したら、『何でウチには来ないの？　あんなに誘ったのに』って言われるから、だからどこにも行かないの」

そういう話を聞いていると、学校っていう社会が嫌になってくる。

伏見は、さっきの女子の言葉を気にしているのか、まだ表情が暗い。

朝っぱらから嫌み言われたんだから無理もないだろう。

背中を何度かさすってあげた。

「気にすんなって言っても難しいだろうけど、頑張ってこうぜ」

学校サボったり授業真面目《まじめ》に聞いてない俺が言っても、説得力ないかもだけど。

「ありがとう。うん、そうだね。わたし、頑張る」

小さな手で拳《こぶし》を握った伏見。くすんでいた表情が輝きを取り戻した。

隣の席でどんよりされっぱなしだと、さすがに心配になるからよかった。

ひと安心した俺は、背中にやった手をポケットに入れた。

「……続けて」

「へ？」

「さすさす、続けて……ほしい」

さすさす？　ああ、背中さすってほしいってことか。

何で照れ顔してるんだ？

「諒くんに触られると、安心するから……」

それくらいなら別にいいぞ、と返事をしかけて周囲を見る。

学校間近とあって、歩いている生徒がそこかしこにいた。

「いや、今はさすがに……」

「わかった」

声も表情もセリフと真逆で、小さく膨れていた。わかったって顔じゃねえな、それ。

「ちっちゃいとき、鉄棒から尻《しり》もちついたわたしが泣いてると、隣で逆上がりしてる諒くんが『そんな泣くことでもねーだろ』って言って」

そんなことあったっけ？

「地面に打ったお尻をさすさすしてくれて。それから、さすさすが好きになったんだと思う」

「俺にケツ触ってほしいってことか？」

「ち――違うよ！　何聞いてたのっ」

「冗談だよ、怒るなって」

もうっ、と憤慨したように言う。

「どこでもいいけど、諒くんにさすさすしてほしいってだけ」

どこでもいいのかよ。それだとケツでもいいってことになるぞ。

さすさすって、エロ用語の隠語みたいに聞こえるから、自分の口からはあんまり言いたくない。

周りに他の生徒たちが見ていることに気づいて、伏見が表情をがらりと変えた。

中学以降の伏見が、子供から大人へ成長した姿だと思っていたけど、近頃《ちかごろ》俺の前で見せている表情は、子供の頃とそう違わない。

「あれだよなぁ……要は、学校では猫被《かぶ》ってるってことだよな」

「何か言った？」

ご機嫌麗《うるわ》しゅうとでも言いそうなプリンセススマイルは、他の男子からするとご褒美なんだろうけど、猫を被っていると知っている俺からすると、その顔には変な迫力があった。

「い、いいえ、何でもないデス」

「そう、よかった」

その笑顔はゴゴゴゴゴって擬音がぴったりだった。

⑱ 鳥越の真意

『りょーくん、お昼は、一緒に学食いきませんか……？』

あと一〇分で昼休みを迎えようかという時間。

こそこそっと机をくっつけた伏見《ふしみ》が、ノートの端に書いたメッセージを見せた。

今日は茉菜《まな》が作ってくれた弁当があるから、と書いている途中に、さらさら、と追加メッセージを伏見が書いた。

『どきどき』

心境をペンで語ってきた！

『悪い。弁当あるから物理室行く』

その文章を見た伏見が、しょげていた。

伏見と一緒に過ごすのが嫌ってわけじゃない。

ただ、そうなると、伏見とお近づきになりたい男女がわらわらと寄ってくるから、自然と賑《にぎ》やかになってしまう。

その人たちと仲がいいなら話は別だけど、俺《おれ》はそれが苦手だった。

『静かに過ごしたい』

『鳥越《とりごえ》さんと?』

『一人で』

それはかなり強調して書いた。

鳥越がどうこうってより、静かで誰《だれ》にも干渉されることなく過ごせるのが物理室ってだけだ。

むうう、と激むくれモードに入った伏見は、そそくさと机を離した。

昼休憩になると、宣言通り俺は弁当を片手に物理室へとむかう。

「高森《たかもり》くん」

呼ばれて振り返ると、鳥越がいた。手には弁当を持っている。

「よ、図書委員」

「物理室?」

「うん、いつものやつ」

俺が言うと、鳥越は「だろうね」と笑った。

二人で物理室に入って扉を閉める。それだけで学校の喧騒が遠ざかり、ここだけ違う世界みたいに思えた。

いつもの席にそれぞれ着いて、昼食をとりはじめる。

委員を決めたあの日から、何度か物理室で一緒になったけど、鳥越がどうして学級委員に立候補したのか、ふと気になって訊いてみた。

「学級委員、したかった？」

「そういうわけじゃないよ」

そういうわけじゃない？

なのに、立候補？

思わず、鳥越のほうを見た。

肩あたりにある髪の毛をさらさらと触って、「えーと、ううん」と何か考えるような唸《うな》り声を出していた。

「……私は、その……高森くんを、それなりに、親しく思っているつもりで……」

そんなふうに思ってたのか、鳥越。

親近感を覚えているのは、俺だけじゃなかったらしい。

鳥越の声が、話すたびに小さくなっていく。

「……他の女子の誰かがやるくらいなら……私でいいんじゃないかなって……思って……」

そうか。俺に気を遣って……。

結果的に伏見が相方になったからよかったけど、他の女子……たとえばクラスの中心人物っぽい騒がしい系の誰かだと、意思疎通が図りにくかっただろう。

「――そ、それだけ！」

いきなり音量が大きくなった。

「なんか、ありがとうな、気ぃ遣ってくれて」

「……ど、どういたしまして」

パク、モグ、パク、モグ、と鳥越の箸《はし》を進めるスピードが上がった。

内申点がどうとか適当な予想をしたけど、全然違ってたな。

伏見とのことを訊かれたので、俺は今までのいきさつを説明した。

幼馴染《おさななじみ》で昔は仲がよかったこと。中学入ったあたりで、距離を取りはじめたこと。最近とあることがきっかけで昔みたいに話すようになったこと。それらを包み隠さず伝えた。

「それで今年まで、ただのクラスメイトですって顔してたの」

「そういうこと」

「学校のプリンセスと仲がいいって、楽しい？」

「楽しいっていうか、懐かしさはある。俺といるときは、プリンセス感ゼロだし」

「ＰＰ《パーフェクトプリンセス》が？　意外。でも、幼馴染同士だもんね」

……なんか、今日は鳥越がよくしゃべる。

「どういうこと？」

「昔から知っているから、男女の仲になりにくいというか。家族みたいになっちゃって異性として見づらいでしょ？」

定番のセリフ――。

漫画やアニメでよく聞いたセリフ――。

でもその度に、俺は「そうか？」っていつも思っていたセリフ――。

俺は鳥越の問いかけに首を振った。

「……伏見は、頭いいし運動神経いいし顔も可愛《かわい》いから、男が寄ってくる理由は、幼馴染の俺でもよくわかる」

モテるって気づいたのは、去年だけど。

「その理由がわかるってことは、俺は見てるんだと思う。伏見のことを、異性として」

昔から気心が知れていると、安心感がある。

どうでもいい会話を適当に楽しめて、なんとなく、考えていることがわかって。

漫画とかだと、最初からそばにいる子じゃなくて、あとから現れたヒロインが主人公と最終的にくっついた。

最初からそばにいる子とくっついたら、当たり前すぎて物語としてつまんねえからだろう。

……けど、俺の異性関係が面白《おもしろ》い必要はない。つまんなくていい。

「小学生の関係のまま中学時代を過ごしてたら、俺、今よりもっと早く――――」

思わず口走った言葉に、自分で混乱した。

あ、あれ？

今より早くって、なんだ？

俺、その先、何を考えて――。

「高森くん、顔赤いよ？」

「えっ？　ああ、いや、何でもない、何でもないんだ」

「あれ？　今、誰かそこにいなかった？」

扉のほうを見ながら、鳥越が首をかしげた。

「え？　全然見てなかった」

「気のせいかな。女子っぽい誰かが小窓の外に一瞬見えたんだけど」

そうは言うけど、もうそこに人影はない。

「……高森くん、伏見さんのこと好きなんだね」

「ぶはっ⁉　そ、そういう話はしてねえだろ。何聞いてたんだよ」

「そういう話でしょ、さっきのは」

冷やかすのかと思ったけど、真面目《まじめ》な口調で鳥越は言った。

「諒《りょう》くん、漢字間違ってるよ？」

学級日誌を放課後残って書いていると、伏見に指摘されて、正しい字を教えてもらいながらそこを修正する。

「一限の現国って、授業何したっけ？」

「授業のあとにすぐ書かないから忘れちゃうんだよ？」

「……寝てた」

「もう、しょうがないなぁ。えっと、今日はね……」

何だかんだ言いながら、伏見は手伝ってくれるし、俺がダメなやつだからって見放すことはない。……今のところは、だけど。

俺が当番のときは、先に帰ってくれててもいいのに、俺が書き終わるまで待ってくれる。

「諒くんが、適当なこと書かないか心配なの」

「真面目だな」

「まあね。学級委員ですから」

と、伏見は得意そうな顔で、エアー眼鏡《めがね》をくいっと上げてみせる。

順調に日誌を書き進めていると、伏見が俺のほうを覗《のぞ》き込みながら、いたずらっぽく笑った。

「諒くんはー、幼馴染を異性として見ちゃうんだねー？」

思わず力が入って、ペキ、とシャー芯《しん》が折れた。

「な、何の話……？」

「何の話だろうねっ？」

はぐらかす伏見は、満面の笑みを咲かせていた。

⑲ 幼馴染は特別枠

四月の体育は、去年と同じで体力測定がメインで授業が行われる。

反復横跳びにシャトルランに幅跳びに一〇〇メートル走などなど。

飛んだり跳ねたり走ったり、男女にわかれて行われるけど、やっぱり伏見《ふしみ》に順番が回ると学年問わず男子が注目する。

三年の男子とか、窓からグラウンドめっちゃ見てるもんな。

「ヒナちゃん、すご……」

「めっちゃ速いし……」

女子たちからそんな会話が漏《も》れ聞こえる。

競技を代わるとき、お互いの回数や距離の数値を教え合うと、

「諒《りょう》くん、全然ダメだね」

どこか楽しそうな声音《こわね》で伏見は笑った。

「全然ってことはないぞ。男子でも、五番目くらいだ。下から数えて」

「あはは。やっぱダメじゃん」

「十分だと思うけどな」

学級委員コンビで幼馴染というのが浸透し、俺《おれ》たちが仲良さげに話していても奇異の目で見られることもなくなっていた。

最近、登下校はずっと一緒で、いよいよ伏見の『幼馴染』が板についてきていた。

「何で部活入んないんだろうね」

女子の中からそんな声も聞こえた。

当然といえば当然か。

伏見が記録した数値は、男子の俺よりもいい。それどころか、陸上部の短距離のエースやバスケやテニス、その他運動部に所属する女子たちより、現在の総合スコアはいいらしい。

体育が終わったあと、クラスの女子に話しかけられた。ポニーテールの女子だ。

顔はわかるけど名前は……覚えてない。

「ねえねえ、いいんちょー」

汗をかいたあとなので、においが心配で俺は二歩だけあとずさった。

「……俺は学級委員であって、長ではねえから」

訂正すると、どっちでもいいよー、と言って続けた。

「伏見さん、ちょっと借りられない？」

「借りるって……何で俺に言うんだよ。別に俺の物ってわけでもないし」

「わかってる。だから、協力してくれるように説得してほしいの。来週末、春季大会があって……団体が一人足りなくて出られないの」

この子何の部活だっけ、と首をかしげながら話を聞いていると、テニス部の話だった。新入部員が入ったらよかったんだけど、その見込みが薄く、団体戦に出られないという。

「俺に言われても……」

「直談判したら断られちゃって」

だろうな。引っ張りだこだから、助っ人をはじめるとキリがなさそうだし。

「悪い。他当たってくれ。その話だと、人数合わせでいいんだろ？　伏見じゃなくて、誰《だれ》か他のやつで埋め合わせできるはずだから」

「そんなこと言わないでよぅ、いいんちょー」

「他の部活の人とか、中学がテニス部で今フリーとか、そういうやついるだろ？　それも無理なら、誰か適当に名前借りて当日は一人二役するとか」

「そんな、ドタバタコメディじゃないんだから」

冗談冗談、と笑って前言を撤回する。

伏見じゃないとダメな理由は何もない……でも、困ってるのもたしかなんだよなぁ……。

「当日は手ぶらでオッケー。シューズもユニフォームもラケットも、全部ぜーんぶこっちで用意するから！　ねっ？」

そこまで言われるとなぁ。

ううーん、と俺が判断に困って唸《うな》っていると、ひんやりとした冷気みたいなものが背後から流れてきた。

ぶるっと身震いをして、振り返る。

「……？」

誰もいない……。

「？　どうかした？」

何でもない、と俺は首を振った。

「しゃーないな。訊くだけだぞ？　説得はしない。状況の説明と、手ぶらでオッケーってことだけを教えて、判断は伏見に任せる」

「あ、ありがとう！　それでいいよ！」

ぎゅっと手を握られて、ぶんぶんと振られた。

「さすがいいんちょー」

「だから長ではないって何度言えば……」

全然手を離してくれない。

さらに強い冷気が肌を撫《な》でて、俺はまた身震いをした。

「じゃあ、よろしく！」

手を振って去っていくと、よっぽど嬉《うれ》しかったのか投げキスをされた。

テンション高いなー。

俺も会釈《えしゃく》程度に手を振り返し、教室に戻る。

体育が最後の授業だったこともあり、教室はがらんとしていて、みんな下校したり部活に行ったりしていた。

さて。適当に日誌を書いて帰ろう。

首筋が薄ら寒くなって首をすくめた。

さっきからなんだ？

風邪でもひいたかな。

「……本間さんと仲いいんだね」

綺麗《きれい》に畳んだ体操服を胸に抱えた伏見が教室に入ってきた。

「本間？　ああ……あのテニス部の」

あれ。く、空気が――周りの空気が一層冷たくなった！

伏見が自分の席に着くと、冷気が酷くなった。

「さむっ」

思わず自分の体を抱きしめた。

隣で帰りの準備をしながら、つーん、と唇を尖《とが》らせている伏見。なぜか拗《す》ねている。

「別にいいんだけど、諒くんが誰と仲いいとかわたしには関係ないし」

「いいって言うけど、全然そう思ってないだろ」

「思ってるし」

声低っ。

伏見史上、一番の低音ボイスだった。おまけに低温ってか？

「学級委員なのに、廊下で手を繋《つな》いで、キスして。――学校なのに」

「おい、待て待て！　俺が見た光景と微妙に違うぞ⁉　手は握られて、どっちかっていうと握手。そんで、キスじゃなくて一方的な投げキスだから」

雰囲気的に、深い意味は何もないんだろけど……握手も投げキスも若干ドキッとした。てか見てたのかよ。

あのとき感じた冷気は伏見から発せられたものだったらしい。

「諒くん、嬉しそうだった」

く、否定《ひてい》できねえ。

伏見以外の女子とのふれあい、あんまりないからな……。

「学級委員は、クラスメイトには平等に接しなきゃなのに。贔屓《ひいき》してるっ」

「してないってば」

帰る準備を整えた伏見は、帰るでもなく、ご機嫌斜めのまま隣にいる。

俺を待ってくれるっぽい。

「テニス部入るの？　至れり尽くせりって感じだったじゃん」

あ、もしかして途中から聞いたのか？

誤解してるみたいだから、俺は一から本間さんとのやりとりを教えた。

「それで、団体に出られないから手を貸してほしいんだとさ」

「そっか。そういうことだったんだね」

充満していた冷気が消えてなくなった。

「やっぱり、断らざるをえない、かな……」

キリがないからっていうのはわかる。でもどうしてそんなに頑《かたく》ななのか、俺はまだよくわからないでいた。

「俺から断っておこうか？」

「ううん。自分で言うから大丈夫。ありがとう」

機嫌が直った伏見は、俺が日誌を書き終えるのを待っている。

頬杖《ほおづえ》をついてニコニコしながら、こっちをじっと見ていた。

「見てても面白《おもしろ》くともないだろ。携帯でもいじってれば？」

「いいの、いいの」

「伏見って、俺にはめちゃくちゃ優しいよな」

授業中困ったら助けてくれるし、待たないでもいいのにこうして待っててくれる。

「そ、そうかな?」

微笑がさらにゆるんで、てへへと笑う伏見。

「でも、学級委員ならクラスメイトを贔屓したらダメなんじゃ——」

続けようとした俺を、慌てたように伏見が遮《さえぎ》った。

「お、幼馴染は特別枠だからいいのっ! ……だから、諒くんも、わたしを特別枠に入れておいてくれると、嬉しいな」

瞳《ひとみ》を覗《のぞ》き込むようにそんなことを言われると、俺でなくても照れただろう。

「お、おう……」とだけどうにか言って、目をそらした。

「諒くん顔赤い」

「そっちもな」

おかしくなって、俺たちは誰もいない静かな教室でけらけらと笑い合った。

⑳ 角を立たせないようにしても立つ角

伏見《ふしみ》がそわそわしていた。

一限目の授業が終わろうかという時間。

本間の誘いを直接断るってやつを、面とむかって言うつもりらしい。

授業開始前に、俺《おれ》が「別にメッセージ一回送ればよくね？」と言うと、伏見は首を振った。

「そういうのはメッセージとかじゃなくて、ちゃんと顔を合わせなきゃ」

誠意がどうのこうのと言っていた。

真面目《まじめ》なやつ。

「どういう反応されるかちょっと心配……」

「変に根に持つようなタイプじゃなさそうだけどなぁ」

ぼそぼそと言って、俺は前のほうに座る本間さんを見る。

先生が開いていた教科書をパタンと閉じて、授業の終わりを告げる。伏見が号令をかけたあたりでチャイムが鳴って、短い休憩時間に入った。

「ふぅーーーーー」

格闘家みたいな精神統一をした伏見が席を立ち、仲いい女子と話している本間さんのところへ行く。あんなに言うもんだから、俺も心配になって様子を窺《うかが》っていると、

「あぁー、やっぱりそっか」

と、まず本間さんが困ったように笑う。

悪い反応じゃないので、俺はほっと胸をなでおろした。

「ごめんね、何度も誘ってくれているのに。わたしも、出てくれそうな人探すから」

伏見の言葉には、気を遣ってますって感じがかなり滲《にじ》んでいた。

もっとフランクに話せばいいのに。

伏見があんなに下手に出る必要はないだろ――って思っちゃうんだよな、女子の群れ社会を知らないぼっち男子の俺からすると。

「ううん、いいよいいよ。無理言ったのこっちだから」

それから何度かやりとりをして、一仕事終えたような顔でこっちに戻ってきた。

「お疲れ」

「ありがと。次の生物って移動教室だっけ？」

「そうだっけ？」

「んもうー。わたし、先生に確認してくる」

俺もついていく、って言おうとしたころには、もう伏見は教室から出ていったところだった。

上がった腰をまた椅子《いす》に落ち着けて、暇つぶしに携帯でＳＮＳを覗《のぞ》く。

「――忙しいって何？　帰宅部なんじゃないの？」

「そこは詳しく聞いてないけど――」

「ケチくさ。ちょっと出るくらいいいじゃん」

「付き合いめっちゃ悪いからね。遊びに誘って来たとしてもすぐ帰るし。小学生かっての」

黄色い笑い声が耳に入ってきて、俺は顔を上げた。

困ったように笑う本間さんの周りに、運動部の女子が三人いた。

「ありえなくない？　一日ちょっとテニスするだけじゃん」

「去年から一緒のクラスなのに、血も涙もないっていうか」

がたん、と俺が携帯をぞんざいに机に置く。その音が教室内に大きく響いた。

「――じゃあ、おまえらの誰《だれ》かが行けよ。その大会」

本間さんの周りにいる数人に言った。語気が思いのほか強かったらしく、教室がしんとしたのがわかった。

「人数合わせだから誰でもいいんだぞ」

俺が急に声を上げたもんだから、三人が困惑していた。

「『ちょっと出るくらい』なんだろ？　……帰宅部だから暇だろうとか、忙しいかどうかを勝手におまえらが決めんな」

休憩中なのに、痛いくらいの沈黙が舞い降りた。

廊下から学校らしい喧騒が聞こえてきて、ふと我に返った。

……こういうところなんだろうな、俺に友達がいないの。

「移動教室かどうか先生に聞いてくる――」

居づらくなって、俺は言いわけをして席を立った。

振り返ると、最後列の席に座っていた鳥越《とりごえ》が、無表情のままぐっと親指を立てていた。

気が抜けたように、俺は小さく笑って教室を出た。

「……あっ」

「うおっ⁉」

扉のあたりで伏見と出くわした。

「生物室に、移動みたい」

「ああ、うん。了解」

てくてく、と伏見は静かになった教室に入っていき、黒板に「次の生物は生物室です」とだけ書いた。

チョークを持つ手が、少し震えているのがわかった。

入口らへんであれが聞こえて、教室に入るタイミングを窺ってたんじゃ……。

変な空気になっていた室内から逃げるように、クラスメイトたちがノートと教科書を持って出ていく。すぐに誰もいなくなった。

　黒板をむいていた伏見がこっちを振りむいた。

「あんなこと言わなくても、わたし、大丈夫なのに」

「嘘《うそ》つけ」

　ショックに決まってんだろ。あんな陰口、直に聞いたら。

「慣れっこだから」

「慣れんなよ、あんなもんに」

「諒《りょう》くんが悪者になっちゃう」

「いいよ、別に。俺の好感度なんて今さらだし」

「あはは」

　俺に心配かけまいとした、悲痛な笑顔だった。

「無理に笑わなくてもいいんだぞ」

「ダメ……でないと……泣いちゃうから」

　言い終えたころには、もう伏見は涙を瞳《ひとみ》にいっぱい溜《た》めていた。

　もう泣いてんじゃねえか。

　何も言わず、俺は伏見の頭を撫《な》でた。頭を俺の肩に乗せた伏見が、一度鼻をすすった。

「諒くん……ありがとう」

こりゃ、学級委員揃《そろ》って授業は遅刻だな。

㉑ 推しヒロイン

「ふふっ。可愛《かわい》い……」

ベッドに寝そべりながら、カチカチと俺《おれ》が携帯ゲーム機で遊んでいると、隣に寝そべる伏見《ふしみ》が、くすくすと笑っている。

その手には、俺が持っている漫画があった。

「面白《おもしろ》い？　大丈夫？」

「うん、面白いよー」

ならいいんだけど。

放課後の学校帰り、俺の漫画好きを知った伏見が、オススメを教えてと言うので、少し読ませてあげることにしたのだ。

男子が好きそうなラブコメだから楽しめるか不安だったけど、杞憂《きゆう》に終わったらしい。

ふうーん、とかへぇー、とかリアクションを取りながら漫画を読み進める伏見。

足をゆっくりバタ足をさせている。

ちら、と横を見ると、細身で真っ白な太ももが目に入ってしまい、俺は慌てて目をそむけた。

腰を浮かせて、ちょっとだけ距離を取る。

「誰《だれ》が可愛いと思った？」

「うんと、カリンちゃん」

「ああ。わかる」

「可愛い」

カリンちゃんってのは、ヒロインの一人で、最初から主人公のことが好きな女の子だ。シリアスな内容がほとんどないので、サクサク読み進められるのも魅力のひとつだ。

次、次、と伏見も続巻をおかわりしていき、早くも四巻を読み終え五巻目に入った。

ごろん、と転がって仰向《あおむ》けになったり、また転がってうつ伏せになったりと、ベストポジションを常に探していた。

「何だかんだで、寝転がるより椅子《いす》と机ってのがベストだったりするんだよな」

ロクに漫画を読まない伏見は知るまい。

「ふうーん」

よいしょ、よいしょ、と仰向けのまま体を動かして――

「あ。これいいかも」

あぐらをかく俺の膝《ひざ》に頭をのせた。

「……あ、お気になさらず、どうぞ、どうぞ」

と言いながら、目線を漫画に戻した。

気にしないわけにいかねえだろ。

「頭、重い」

「ちょっとだけ、ちょっとだけ」

しゃーねーな……ん？　膝を曲げているせいか、スカートの裾《すそ》が普段よりハイポジションを取っている。普段隠れている太ももの部分も丸見えだった。

「っ」

ベッドでゴロゴロしていたのもあって、そよ風が吹けばめくれそうだ。

「伏見……あの、スカート……。その、見えそう」

薄い胸の上に漫画を開いたままのせる。

ぱっと片手で裾を引っ張って、膝上一五センチくらいの位置に直した。

伏見が、ちょっと顔を赤くしていた。

「……諒《りょう》くんの、えっち」

「えっちなんじゃなくて、注意っていうか……」

じっと真顔で伏見が俺を見ていた。

「諒くんも、女の子のパンツ、見たいって思ったりするの？」

あの漫画に、そんなシーンがあったな。

過激ではないけど、そういう小学生でも読めるえっちな感じのシーン。

「俺は思わないかな」

本当はめっちゃ思う。

「ふうん……見る？　って訊いても見ない？」

マジか。

「……見ねえよ」

「ふふ。そう言うと思ったから訊いた」

信用されてるのか、舐《な》められてるのか、イマイチわからない。

再び漫画を持ち、読みはじめた伏見。

また裾がするすると落ちてきた。

無防備……。

太ももと裾の位置が気になって、ゲームに集中できない。

「ジュース、取ってくる」

「え？　いいよ。お構いなく」

「いいから」

俺は伏見が枕《まくら》にしている膝を抜いて、ベッドから立ち上がって部屋を出ていく。

「はぁ……」

この部屋なんなの。俺の忍耐を試す部屋なの？

ＭＰがごっそりと削られた気がする。

気分転換も兼ねて、一階でジュースを入れて部屋へと戻った。

「前と同じアップルでよかった？」

「え――――っ⁉　あ、ああ、うん！」

漫画を読むのをやめていた伏見は、俺が入るなりシャキン、とベッドで正座をした。

「？」

「……っ」

俺と目が合うと、すぐに視線をそらした。喉《のど》を小さく鳴らして、正座を解いた。

心なしか、顔が強張っているような……？

唇を内側にしまって、舌で少しだけ湿らせた。

「なんだ、喉が乾いてるならそう言えばいいのに」

やれやれ、と俺は持ってきたグラスのひとつを伏見に渡す。

「あ、ありがとう……」

渡す瞬間、指先が触れて、ドキッとしてしまった。

「わ、悪い……」

「い、いいよ……っ」

なんか空気がおかしい。

伏見は渡したグラスのジュースを、喉を鳴らしながら飲み干した。

同じベッドにいるのもあれだし、椅子に座ってゲームするか。

グラスを机に置くと、見慣れないものがあることに気づいた。

手の平にのせられそうな、正方形の薄い何か。その中に丸い何かが入っているのがわかる。

えちえちエチケットのあれだ⁉　どっから湧《わ》いて出た。

正方形の中にある円の面積を求めろってわけじゃねえな、これ。

そのパッケージには「にーにガンバ♡」と茉菜《まな》の字で書いてあった。

あのギャル！　余計な心配を！

い、一体、コレはいつからここに……。

もしかして、俺が気づかなかっただけで、ずっと置いてあったんじゃ……。

俺が部屋から出ていったときに、伏見もソレに気づいて――。

「……漫画、続き、読もっかな……」

正座のまま、伏見が漫画を手に取る。

漫画の上下逆！

えちえちエチケットのせいで動揺してるんだな⁉　顔真《ま》っ赤《か》じゃねえか！

さっきみたいに、「諒くんってば、えっちなんだから」的なノリで、ソレを見せてくるわけでもなく、伏見はただただ動揺していた。

冗談のノリをする余裕すらないらしい。

パンツを見るだの見ないだのという、ポップなえっちじゃなくて、やや生々しいシリアスな「えっち」を見つけてしまったばっかりに……。

すうはあ、すうはあ、と深呼吸しながら、手を団扇《うちわ》のようにして火照った顔を扇《あお》いでいる。

「ふ、伏見」

「ひゃいっ⁉」

ごくりーんっ、と緊張しながら喉を鳴らしたのが、ここからでもわかった。

「ま、漫画は、貸すから。お、俺、よ、用事思い出して」

「そ、そ、そうなんだ」

「お、お、おう」

「じゃ、じゃあわたし、かっ、帰るね――っ」

最新刊までその漫画を貸すことにして、小さな紙袋に入れた。

外はいつの間にか薄暗かったので、伏見を家まで送ることにして、高森《たかもり》家をあとにした。

俺たちの間にあるのは、ほんの少し漂う緊張感と沈黙。

微妙な空気だった。

心の準備なくアレを見たら、そりゃ慌てるよな。男の俺がそうなんだから。

伏見家が見えたあたりで、「ここでいいよ」と伏見は俺が持っていた紙袋を受け取った。

「ああ、うん。じゃあ、また明日」

俺が背をむけて歩き出すと、大声が聞こえた。

「りょ、諒くん！」

玄関の扉を盾にするようにして、伏見が横からひょっこりと顔を覗《のぞ》かせていた。

「どうかした？」

「――あ、ああいうのは、わたし、順序通りじゃないとヤだからっ！　も、もう、ばかぁ！」

伏見は逃げるように家に入り扉を締めた。

「あ、あれは！　俺が準備したもんじゃなくて――」

事情を説明しようにも、もういなかった。

「茉菜のせいで……」

俺はがしがしと頭をかいて、家へと帰る。

……でも、最低とか、猿じゃん、とか詰られるわけじゃなかった。

ふとさっきの言葉を思い出して、伏見家を振り返る。

二階。伏見の部屋の窓には明かりが灯《とも》っていた。レースのカーテンが開いて、人影が現れて手を振っていた。

俺も手を振り返した。

……伏見。

順序通りじゃないと嫌ってことは、順序通りなら別にいいってことになるぞ？

いや……さすがに言葉の揚げ足を取りすぎか。

㉒ 伏見バフ

やっぱりアレを机に置いた犯人は茉菜《まな》で、俺《おれ》が問い詰めると、

「高森家《たかもりけ》の長男なら、節度はきちんと守ってもらわないと」

とか言い出した。真面目《まじめ》な顔をしていたので、本気で言っているらしかった。

節度を守るって言うけど、茉菜の線引きはよくわからなかった。

「高森くんー？　次って体育館でいいの？」

授業後の休憩時間に女子に話しかけられた。

「ああ、うん。たしかそれでいいはず」

ありがとねー、と女子は去っていく。

ゴォオオ……！

隣に座る伏見《ふしみ》が、青い炎のようなものを吹き出していた。

「……あれ？　違った？　体育館じゃなかったっけ？」

「ううん……合ってる」

声低っ。地獄の底から響いてきそうなくらい低い。

合ってるならいいだろ。なんでご機嫌斜めなんだよ。

「諒《りょう》くんじゃなくて、わたしに訊けばいいのに。わたしのほうがしっかりしてるんだから」

プンスプンス、と伏見はぶつぶつ言いながら怒っていた。

「その反応って……どう考えても……」

昼休憩、物理室でそのことを話したら、鳥越《とりごえ》が言葉尻を濁した。

お互いの席は離れたままだけど、静かなのでちょっとした話声で届いた。

「伏見はお堅いというか、真面目だから、ユルい俺のほうが訊きやすいのかなーって」

「それは、なんとなくわかるよ。女子にも、一応あるから。格付けというか、そういうの」

伏見さんみたいな頂点の人間はわからないだろうけど、と鳥越は前置きして言う。

「こっちの気が引けるっていうか。だから、高森くんみたいな適当っぽくてユルい人のほうが、話しかけやすいんだよ。品行方正なお姫様より、下町育ちの従者のほうが、庶民は親近感あるでしょ？」

そんなもんか。

「じゃあ、鳥越もそうなの？　同じ女子の伏見より、俺のほうが話しやすい？」

「異性のほうが逆にいいときもあるんだよ。異性ってだけで、Ｂ組女子の格付けランク外になるから」

ふうん、と俺は鼻を鳴らした。

伏見は、今日もクラスメイトと食堂にいる。猫をかぶったまま。

しかし、あの青い炎は何だったんだろうな。

「伏見バフもあるかもね」

「バフ?」

「そ。伏見さんが高森くんといて楽しそうにしているから、女子からすると魅力的に見えちゃうっていうか、そんな感じだと思うよ」

女子ってよくわかんねえな……。

話し終えると、鳥越は箸《はし》を動かして弁当を食う。

「そんなふうに予想できるってことは、鳥越もそう思うのか?」

「ほごっ、ごへっ」

鳥越がむせた。

「大丈夫か?」

「い、いきなり、何を言うの」

ペットボトルのキャップを開けて、お茶を飲む鳥越。

「いや、色々とよく見てるなーと思って」

「別に、そういうつもりは……」

むせたせいか、顔が赤い。

俺や伏見よりも席が後ろだから、俺たちのことはよく見えるんだろう。

オホン、オホン、と何度も鳥越は咳《せ》き込《こ》んで、ようやく落ち着きを取り戻した。

「……それで、高森くんには、その伏見バフが今かかってる状態ってことだよ。どういうことか、わかる？」

「俺のほうが話しかけやすいってことだろ」

俺の回答は微妙だったらしく、鳥越は首を捻《ひね》った。

「的は射てないけど、当たらずとも遠からず。六〇点って感じ」

なんだそりゃ。ナゾナゾか？

「羊さんがいます」

「どうした鳥越、いきなり」

「一頭だけいたそこに、一匹の狼《おおかみ》が羊さんを狙《ねら》いにやってきます」

「鳥越、どうした」

「すると、その羊さんを知っている狼たちは、『あいつが狙うってことは、あの羊美味《うま》いんじゃね？』となります」

絵本的なファンタジーの話……？

「ね？」

ね？　じゃねえよ。どういうことだよ。

ここまで言えばもうわかるでしょ、って顔すんなよ。

突然、ガラッと扉が開いた。

そこには、伏見がいた。

「……諒くん、五限目の世界史、世界地図要るから準備しよ?」

そういや、そんなことを先生が言っていたような?

ああ、と曖昧《あいまい》に返事をして、俺は食べ終えた弁当を片付ける。

会釈《えしやく》することもなく、俺は物理室を出ていき、伏見と世界史資料室を目指す。

鍵《かぎ》は先生から預かったらしく、すでに伏見が持っていた。

さっきの悪かった機嫌も多少は回復しているように見えた。

「読んだよ、貸してくれたところまで全部」

「そっか。どうだった?」

「みんな可愛《かわい》いし面白《おもしろ》いよ」

男子が読むラブコメだから伏見の口には合わないと思ったけど、よかった。

「でもね」と伏見は唇を尖《とが》らせた。

「カリンちゃん、ちょっと引いた感じになるでしょ。あれが納得いかない」

王道ラブコメでは、なくはない展開だった。

主人公のことを好きなヒロインが一人二人と増えていき、主人公の境遇やヒロインたちの想《おも》いを知り、カリンちゃんは傍観者っぽい立ち位置になる。

「可愛いって言ってたのに」

「好きだからこそ、応援してるんじゃん。なのにさ……」

「それは、ほら、本人も言ってただろ。主人公のことを想ってというか……身を引くことが自分のためでもある、みたいな」

「そんなの言いわけでしょ」

ズバっとカリンちゃんを斬《き》った。毒舌コメンテーターのコメントみたいな切れ味だった。

世界史準備室の前にやってくると、伏見はガチャガチャと荒く鍵穴に鍵を突っ込んだ。

「大人ぶった敗北宣言。まだまだ好きなくせに。悲劇のヒロインなんて、ただツライだけだよ」

ぐすん、と伏見が鼻を鳴らした。

目尻《めじり》の涙をすくった伏見が、扉を開けてくれたので、中に入った。

「何巻まであるの？」

「まだ連載中で一〇巻やそこらだから、もうちょい続くと思うぞ」

答えつつ、俺は世界地図を探す。それはすぐに見つかった。

一人では持て余すくらいサイズが大きい。

「自分の気持ちを隠して押し殺して、好きって言えないなんて、ツラいよ」

相当カリンちゃんに感情移入したらしい。

「わたしは……、もしわたしなら、自分の好きを貫く」

俺の目を見て、はっきりとそう言った。

「いつもそばにいて支えてあげて、その上可愛くて、いい子ってだけじゃダメなの？　わたし、悔しいよ……『幼馴染《おさななじみ》』は、あとから出てきた女の子に必ず負けるんだから……」

テンプレートな描写はなかったけど、カリンちゃんはそういう設定だったな。

「まあまあ、落ち着けよ。漫画だから」

そうだね、とまだ納得いってなさそうな声音《こわね》で伏見は返した。

世界地図を教室へ運ぶ途中、無言のままも気まずいので、ちょっとした話題のひとつとして訊いてみた。

「何で青い炎出したの？」

「え、何それ」

「ああ、いや、そういうふうに見えたってだけで、実際は出てなくて。体育の前だよ」

「あー……あれね……」

しばらく考えるように口を閉ざすと、控えめにこっちに目をやった。

「諒くんはさ……わたしが男子と話してて、嫌な気分になったりしない？」

今までずっと同じクラスなのは、伊達じゃない。クラスの男子と話をするところなんて、小学生のころからずっと見てる。

「それはないかな」

言うと、伏見は眉根《まゆね》を動かして、頬《ほお》を膨らませた。

「……じゃ教えなーいっ」

何だよそれ、と俺が言うと、ころっと表情を変えた伏見は「あはは」と笑った。

㉓　わたしだけが知っている

『諒《りょう》くん、諒くん、今日暇？』

『一緒に通学してたらわかるだろ。今日とかじゃなくてもだいたい暇だよ』

『よかった。じゃあさ、放課後カラオケ行かない？』

『カラオケ？　ああ、うん、いいけど』

珍しかった。伏見《ふしみ》が放課後どこに行きたいか、って主張するのは。

放課後を迎え、家からの最寄り駅まで帰ってくると、どういうことかわかった。

改札を出たとこらへんに、俺《おれ》たちとは違う学校の制服を着ている男女五人がいた。女子二人に男子三人。

「なんだ、そういうことか……」

「どうかした？」

きゅるん、と伏見が首をかしげた。

だよな。二人きりなんて、ひと言も言ってないもんな。

確認しろよ、俺。

今ここでやっぱ帰るって言い出すのも気が引けるし……。

五人と合流した伏見は、同じ中学校の面々と「久しぶり」だの「元気？」だのと挨拶《あいさつ》をしている。

なんか盛り上がってるし、帰りにくい……！

俺も一応、伏見を真似《まね》て挨拶《あいさつ》くらいはしておいた。

男子三人とも、顔は知ってるくらいで、とくに親しかったってわけじゃない。

「同窓会みたいなノリで楽しもー！」

女子の一人が言って、みんなが同調する。内心ため息をつきながら、俺もそうだなと言っておいた。心にもない笑顔を添えて。

伏見は、たぶんしつこく誘われて断れなかったんだろう。

カラオケに行くっていうイメージがあまりないし。

駅前すぐそばの店に行くらしく、道中、伏見はあれこれ質問されていた。

学校のこととか、部活のこととか、彼氏がいるのか、とか。

猫被《かぶ》りプリンセスは笑顔で対応していった。

三―三―一のフォーメーションで道を歩く。前列中央が伏見。俺は最後尾一のポジションだ。

カラオケ店に入り、時間を決めて店員に案内された部屋へとむかう。

伏見が話しかけてきた。でも、顔がちょっと笑っている。

「諒くん、カラオケできるの？」

「舐《な》めんな。茉菜《まな》と一緒に結構行くぞ」

「えー。意外」

……勢いで結構行くって言っちゃったけど、具体的に言うと、年数回レベルだ。

「逆に伏見はどうなんだよ」

「わたしは……ぼちぼちかな」

便利な言葉だな、ぼちぼちって。

自信ありげって顔を若干してるんだけどな。

ドリンクサーバーで飲み物を入れて、部屋へ入ると、みんなが順番に曲を入れていく。流行《はや》りの曲や誰《だれ》でも知っているアイドルの曲が流れて、手拍子、マラカス、交代で歌ったりとそこそこ盛り上がる。

「諒くんは、何歌うの？」

回ってきた端末をイジっていると、猫を被り忘れた伏見が、興味津々《きょうみしんしん》って顔で手元を覗《のぞ》き込んできた。

『にーに、あたしが必殺技伝授したげる』

『カラオケにそんなモンねえだろ』

『困ったら、アニソン。同世代の人と一緒なら、にーにが見てたやつでいいから。これならイケる！』

『数少ないとされる、絶対の正解だ……』

『ちゃんと映像出るやつね。そしたら盛り上がるし、みんな歌よりも映像に気がいくから。マイクなしで歌い出す人がいたら、その人にマイク渡せばいいよ』

『天才かよ……必殺すぎんだろ』

――フン。ついに、茉菜理論を使うときがきたようだ。

「まあ、お楽しみってことで」

伏見に手元を見せないようにして、情報を送信する。ディスプレイの端に曲名が表示されたけど、それでピンとくる人はいなかった。

俺の前に、伏見の順番だった。

曲名ではわからなかったけど、イントロのあたりで何の曲かわかった。

去年あたりに流行ったシンガーソングライターのバラード曲だ。

みんなが聞き入るのがわかる。張りのある声と抑揚が心地よく耳に流れる。

普段の声音《こわね》と全然違う。

俺も静かに流れる曲と歌声を聞いていた。

歌い終わった伏見が、「次、諒くんだね」とマイクを渡してきた。

「……ああ、うん……」

「ヒナちゃん上手いっ」

「伏見さん、ヤバいね」

メンバーははしゃぐようにして伏見を褒めた。

何か習ってるのかってくらい上手《うま》かったもんな。びっくりだ。

けど――歌いづれぇぇぇぇぇ！

そうならそうって、先に言えよ！

しんみりバラードのあと、アニソンだぞ⁉　空気ぶった切ります失礼します。

あー……茉菜理論のタイミング、ミスったんじゃ……。

マイクが入っていることを確認して、一度咳払《せきばら》いをする。

俺の心配は杞憂《きゆう》に終わった。

映像が流れはじめた瞬間、男子三人のギアがトップに入った。女子の恋心を歌ったバラードよりもこっちのほうがよかったんだろう。

女子は「ああ知ってる知ってる」くらいな反応だったけど、男子が盛り上がったので、茉菜理論は成功したと言える。

可もなく不可もない俺の面白《おもしろ》みにかける歌声は、誰も聞いちゃいなかったっぽい。よかったよかった。

そんな感じで、一周、二周していき、女子二人がトイレに席を立った。

そこで一時休憩となり、空になったコップを持って、ドリンクサーバーへむかった。

「諒くん、結構上手じゃん」

ついてきていた伏見が、笑顔で言った。

「普通だよ、普通」

「ごめんね。ちゃんと今日のメンバー伝えておけばよかった」

「いいよ、そんなの。俺も訊かなかったし」

最初は不安だったけど、男子があれだけ盛り上がってくれるんなら、選曲しがいもあるってもんだ。

ヒナちゃん上手だったねー、とトイレ帰りの女子の声が角を曲がった通路のほうから聞こえてきた。

「なんで高森《たかもり》くん連れてきたんだろう。三対三じゃなくなるのに」

「でないと行かないって言うから」

「ふうん。でも、あそこでアニソンはないよね」

「うん、空気読めよっていう――」

きゃはは、と笑い声が響いた。

スッと伏見の表情から笑みが消えた。

こういうのは、殺気とでも言えばいいんだろうか。表情や仕草からそれが滲《にじ》んでいた。

通路のほうへ一歩踏み出した瞬間、俺は伏見の腕を摑《つか》んだ。

「いいから。放っとけよ。大した悪気もないだろうし――あ、ちょっ、こら」

強い力で伏見が俺の手を振り払う。足音を鳴らしながら角を曲がった。

「あ、ヒナちゃん――」

「カラオケって、選曲にルールあるの？」

声だけだけど、わかる。完全にキレてる。

猫をこのままちゃんと被っておけばいいのに。

「え？　顔、怖いよ。どうしたの？」

「男子たちは楽しそうに盛り上がってたじゃん。――諒くんは、空気読めないいんじゃないよ。読んだ上でそうしてるだけだから」

きっぱり言って、二人が完全に黙り込んだ。

「……ごめん。今日帰るね」

顔がまだ怒っている状態で、こっちに戻ってきた。

「諒くん、帰ろ」

「まだ時間あるぞ」

「いいの、もう」

「とんだ我がまま姫だな」

何を言ってても聞き入れてもらえなさそうなので、説得は諦《あきら》めることとした。

伏見は自分と俺の分の代金を部屋にいる男子たちに渡して、鞄《かばん》を持ってカラオケ店をあとにした。

あとで払おうと思ったけど、頑として受け取ろうとしない。

相変わらずくそ頑固。

いつもより歩くのが速い。わかりやすいやつ。

「さっきも言ったけど、悪気があって言ったんじゃなくて、ちょっとしたイジりみたいなもんで……」

「でも、あんなのないよ」

まだ怒ってる。機嫌悪そうに、口をへの字にしていた。

「ごめんね……同じ中学の人となら楽しく遊べると思ったんだけど、逆効果だったよね」

「そんなことないよ。歌ったり聞いたりしてた間は、それなりに楽しかったから」

「ほんと？　だったらいいんだけど」

「俺のことは放っておけばいいのに、わざわざ角が立つようなことしちまって……」

「いいの。諒くんだって、わたしが陰口言われているとき、ビシッと言ってくれたじゃん」

「俺はいいんだよ。好感度ほぼゼロだし」

「そんなことないです。何でそんな自己評価低いの?」

何でって言われても。

帰り道、隣の幼馴染《おさななじみ》にじっと見つめられた。

「……カッコいいよ、諒くんは」

「面とむかって言うのはやめてくれ」

そういうの、言われたことないから反応に困る。

「わたしだけが知ってればそれでいっか」

ふふふ、と今度は笑いを漏《も》らした。

ころころと表情がよく変わる。

「今度は、二人で行こうね」

「二人なら、まあいいか」

「やった」

ご機嫌になった伏見を俺は家まで送っていった。

㉔ 一周回ってオシャレとかでもない

土曜日の午前中、朝食を適当に済ませて、出かける準備をする。

天気は晴れ。降水確率は午前午後ともにゼロ。

お出かけ日和だった。

「……」

じぃーと部屋の隙間《すきま》から茉菜《まな》がこっちを見ていた。

「……なんだよ」

「どこ行くの」

「浜谷のほうへ、ちょっと」

浜谷っていうのは、ここらへんで一番大きな繁華街のことだ。ショッピングモールなどがあり、一日中遊んでいられるスポットが多い。

茉菜の視線を無視して、着替えていると携帯が伏見《ふしみ》のメッセージを受信した。

『今家出たよ』

てことは、あと五分くらいでこっちに来る。

「にーにのその格好……デート？」

「違う。伏見と出かけるんだよ」

「デートじゃん」

「違うって」

着替え終わって、忘れ物がないかを確認して部屋を出る。

「ふんふん。にーにの格好、イイネ」

ぐっと親指を立てる茉菜。

いつぞや、おまえに勧められて買ったやつだからな。

「やっぱし、あたしのセンスだよね、すごいのって」

「自画自賛かよ」

下に降りていくと茉菜も見送るためか、ついてきた。ちょうどチャイムが鳴って、茉菜が扉を開けた。

「姫奈《ひな》ちゃん、おーす」

「あ、茉菜ちゃん。おはよう」

にこやかに挨拶《あいさつ》を交わす二人。

「……姫奈ちゃん」

「どうかした？」

小首をかしげる伏見を、茉菜が上から下までジロジロと見た。

そんな茉菜には構わず、奥にいる俺《おれ》に気づいて伏見が手を振った。

「ちょっとにーに、いい？」

曇り顔をする茉菜がこっちを振り返った。

「ねえ、あれが姫奈ちゃん？」

「見ての通りだよ。さっき挨拶しただろ」

「姫奈ちゃんの私服、ヤバくない？」

ヤバいのか？

女子の服装に俺が明かるいはずもないだろう。

気になって、茉菜越しに伏見をちらっと見る。

「…………ヤバいかも」

マイナーなゆるキャラみたいな変なキャラクターがでかでかとプリントされたTシャツに、小学校低学年の女の子が穿《は》きそうなフワフワのスカート。

ネタか……？

俺のツッコミ待ちなのか？

女子の服装なんてまるでわからない俺にも、あれはヤバいってわかるレベル。

「にーに、どうなってんの？　あれが思春期女子の、しかも誰《だれ》もが振り返る美少女のセンス⁉」

「ま、待て、あれは一周回ってオシャレとかそういう――――」

「なわけないじゃん。一周回るどころかコースアウトしてるから」

「いや、わかってる。俺もそうは言ったけど、フォローしきれんかった」

「あれがガチなら、あたし、目まいで倒れるかも」

はっ、と合点がいったように、茉菜が目を見開いた。

「にーにを笑わそうとしてるんだよ。あんなキモいキャラのTシャツを着るとか、それ以外にないから」

「そ、そうなのか？」

「ノーリアクションでスルーしちゃうほうが可哀想《かわいそう》だから」

こそこそと俺たちが話していると、

「どうかした？」

と伏見は何事もなく訊いてきた。

茉菜が、顎《あご》でクイクイと合図してくる。俺は小さくうなずいた。

「ええっと、あれだな、伏見の服って、センスいいよな」

「えっ、ほんとっ！」

キラキラと目を輝かせて、嬉《うれ》しそうにその場でくるくる回る。

「よかったー。何着ようかなって昨日の夜からずっと考えてて」

えへへ、と伏見ははにかんだ笑みを浮かべた。

「ギャグセンス抜群だな！　ブラボー、ブラボー。めっちゃ面白《おもしろ》いよ」

俺はオーケストラ演奏後の聴衆みたいな顔で拍手を送った。

「え——……っ？」

「その服から本当の私服に着替えて行こうぜ」

ぶわあ、と伏見が涙目になった。

「服………これ、気合を入れて……着てきたの……」

大号泣五秒前！

おい、茉菜どうすんだ、ネタじゃなかったぞ——⁉

隣を見ると、茉菜が目を回して倒れていた。

「こ、これが……この町で最高とされる、美少女の……私服、センス……」

「茉菜ぁぁぁああ！」

「だ、ダサすぎる……」

ああ、ついに言いやがった！

「っっっっ！」

本格的にショックを受けた伏見が、その場にしゃがみこんだ。

「ギャグじゃないもんんんんんんんんん」

我が家の玄関は地獄絵図と化し、お出かけどころじゃなくなった。

目を覚ました茉菜と、落ち着いた伏見をとりあえず俺の部屋へ連れてきた。

「それしかないの？」

ファッション警察の取り調べがはじまった。

「これが一番いいんだけど、他にも——」

あれでしょ、それに、これと、あとは——と、伏見が持っていてオシャレだと思う服装を挙げていく。

その度に、茉菜の表情がどんどん曇っていった。

「ラインナップがそもそも終わってた……」

「終わってたとか言わないで！」

「そんなクローゼット見かけたら、燃やしてると思う」

「可燃ゴミ扱いしないで！」

はぁぁ、と深いため息をつく茉菜。

「にーにがデートするなんてはじめてだから、誰が相手かと思ったら姫奈ちゃんで。それなら安心だと思ったんだけど」

「いや、は、はじめてじゃねえし」

「何強がってんの、はじめてじゃん」

……はい。

……何で知ってんの。

しょんぼりした伏見がぽつぽつと話しはじめた。

「服を買ったことがなくて……家にあるもので済ませてて……」

「中学のときや最近までどうしてたの？」

「休みの誘いは断ってたから」

「ふんふん。制服でしか遊んだことがない、と」

そう、と伏見はうなずく。

その様子を見て、さすがに同情したのか、茉菜が立ち上がった。

「わかった。あたしが服貸してあげる！」

「いいの……？」

「うん！　どうせにーに、ギャルが好きだし一石二鳥だよ」

しらーと、伏見が半目でこっちを見た。

「いや、違うから、別に好きじゃないから。その誤情報どこで出回ってんだ？」

行こ行こ、と伏見の手を取って、茉菜が自室へと連れて行った。

「その、だっっっさいTシャツ、とりあえず脱いで」

「言い方……」

「姫奈ちゃん、ちっちゃいね、おっぱい」

「どうせ育ってないですよーだ」

きゃっきゃと子猫が戯れるような声が部屋から聞こえてきた。

伏見にギャルファッションは似合ってないと思うけど、どうなんだろう。

「メイクもちゃんとしないと」

「やってるからー」

「違う違う。服に合わせたメイクをするの。じゃないと統一感なくてチグハグになるから」

「……はい」

ああだこうだ、と茉菜が何か提案して、伏見が却下して、それをさらに茉菜が否定《ひてい》して
——そんな会話が聞こえるけど、楽しそうな雰囲気が伝わってくる。

「よしっ。完璧《かんぺき》！」

「お、おおおおおおおおお⁉」

どうなってんだ。何がどうなったんだ？

廊下を覗《のぞ》いていると、ガチャと扉が開いて、茉菜が出てくる。

その後ろに隠れた伏見を前に出した。

腕や鎖骨あたりに若干透けるレース（？）がセクシーなそれに、花柄のスカート。

「どうよ、どうよ、にーに。あたしのオシャ可愛《かわ》ファッション」

くるくる、と茉菜が伏見をその場で回す。

背中が三分の一くらい見えていた。

ちょっとセクシーでドキッとする。

普段はロングヘアの髪の毛は、ゆるくウェーブしている。

「諒《りょう》くん、どうかな」

「す、すごい……可愛いと思います」

やった、と伏見が小さく跳ねて、茉菜とハイタッチした。

元々の素材が一級品だからか、それが際立《きわだ》って見える。

茉菜の服だから何度か見たことのある服だけど、伏見が着るとまた少し違う感じがした。

中学のときにやってた、にわかギャルファッションは微妙だったけど、これはすごく似合っている。

がっつりギャルってわけじゃなく、伏見に合うように茉菜が微調整しているみたいだ。

「茉菜ちゃん、でもこれブラ見えたりしない……？」

「いいの、いいの、ブラチラくらいさせておけば」

「だ、ダメだよっ！」

顔を赤くした伏見が「大丈夫？　見えてない？」と何度も茉菜に確認した。

「にーに喜ぶのに」

「……」

「あたしがやると、やめろよとか言いながら、喜ぶんだよ？」

「え」

伏見の声が低くなった。

生ごみを見るような目でこっちを見ている。

「よ、喜んでねえわ！」

けらけら、と茉菜が笑う。

「今度、あたしと一緒にお買い物行こ。そしたら色々アドバイスとかしてあげられるから」

「うん。ありがとう、茉菜ちゃん」

俺と伏見がそうであるように、茉菜と伏見も小さい頃から遊んでいた仲だから、この二人も幼馴染《おさななじみ》なんだよなぁ。

「諒くん、行こ？」

「ああ、うん」

見慣れないのもあるせいか、隣にいるのは伏見だけどそうじゃない気がして、新鮮というか、なんか緊張する。

露出している肌は白くて、背中とちょっとだけ浮き出た肩甲骨がセクシーだった。

ぶはっ。屈《かが》んだ拍子にできた服の隙間からブラジャー見えちまったじゃねえか。

見たことを悟られないように、俺は思い切り顔をそむけた。

こうして俺は、オシャ可愛ギャルになった伏見と、予定より一時間ほど遅れて家を出た。

㉕ ひじ掛けって左右どっちが自分のやつ？

カラオケのときのお詫《わ》びに――。

そんなふうに伏見《ふしみ》に言われて、週末に出かけることを了承した。

カラオケのことは別段気にしてはいなかったけど、伏見はそうじゃないらしかった。

気にしなくてもいいって何回も言ったのに。

そうして、茉菜《まな》の服に着替えて、生粋のギャルにメイクを施され、オシャ可愛《かわ》となった伏見と電車に乗って繁華街へとやってきた。

「そのヒール、茉菜のやつ？」

「うん。サイズ一緒でよかったよー」

言われてみれば、背丈もそれほど変わらないように思う。

商業ビルがいくつか立ち並ぶ中、目的地であるショッピングモールへとむかう。

「諒《りょう》くんの服、カッコいいね」

うん、うんうん、と俺《おれ》の体を上から下まで視線を一往復させた伏見。

茉菜がプロデュースした私服だけど、どうやら伏見のお眼鏡《めがね》にもかなったらしい。

地味な俺でも多少はまともに見えるようだ。

るんるん、と弾むように隣を歩く伏見が、ショーケースのほうをちらっと見た。

中には、季節の洋服を着たマネキンが置いてある。

「この店、気になるの？」

「ううん。……わたしたち、どう見えてるのかな——って思って」

「さあ。一緒に遊んでる友達とか」

むう、とむくれた伏見が、「まあ、そうだよね」と速足で先に進む。

「拗《す》ねた？」

「拗ねてません」

完全にヘソ曲げてる。

ワゴンのアイスクリーム屋を見つけたので、ソフトクリームをひとつ買った。

「……食う？」

「食べるっ」

目から星みたいなものを散りばめた伏見の機嫌が、一瞬にして直った。

甘い物が好きなのは相変わらずらしい。

スプーンとアイスを渡して、ひと口ふた口食べる伏見が、幸せそうに目を細めている。

目についた手近なベンチに腰掛けた。

「はい、諒くん」

スプーンですくったひと口分をこちらに差し出してきた。

――これ、さっきから使ってるやつだよな。一個しかないし。

「……」

か、か、間接キスになるんじゃあ。

でも待て。

ここで断ると、俺が間接キスにビビってるみたいじゃないか――？

か、間接キスくらい、茉菜としょっちゅうやってるし。

「お、おう、よし」

スプーンを受け取ろうとすると、

「違う違う」と真顔で首を振られた。

「口開けなよ」

「へ？」

「口。あーん。とけちゃう。早く」

間接キスよりもうワンランク上のやつだった⁉

「は、早くしてよ……」

小声で言う伏見の頰《ほお》は朱に染まっていた。

恥ずかしいならやるなよ。こっちまで余計恥ずかしくなるだろ。

「人前でこんなことして――ふんぐっ」

口にスプーンを突っ込まれた。

「おいしい？」

「うん……」

「よかった」

にこっと音が出そうなほどの、いい笑顔だった。

もうこれ以上あーんをしてもらうわけにもいかないので、伏見は引き続きスプーンを使って食べて、俺はときどきそのままかぶりついた。

「今日って、何か目的あるの？」

「目的かぁー。あ、あるよ？」

「何？」

「内緒」

なんだよそれ。

ベンチで足をぶらぶらさせて、鼻唄を歌う伏見。

鼻唄ですら上手《うま》いんだな。

こういう伏見を見慣れてないのもあって、すごく新鮮で、可愛いと思ってしまう。

……いや、ギャルになってるからどうとかじゃなくて、その、意外な一面を見たっていうか、そういう感じで。

「さっきから結構見てるけど、諒くん、やっぱりギャル好きなんだ」

「あれは、茶化《ちゃか》されないようにするためのカムフラージュで、好きってわけじゃないんだって」

何回言えばわかってくれるんだよ。

くすっと伏見が微笑んだ。

「ううん。もし本当にそうなら、わたし、茉菜ちゃんに弟子入りして頑張るよ？」

胸がざわめく。学校とは違うからか、それとも見慣れない伏見が隣にいるからか。

それはよくわからなかった。

アイスを食べ終え、大型の商業施設に入る。

ファッションブランドや映画館、雑貨店や飲食店などがテナントに入っていて、家族連れや大人から子供まで、色んな人がいた。

館内図をにらめっこしていた伏見が、

「映画観《み》れるんだ」とぽつりとこぼした。

「気になるやつがあるんなら、観ようか」

「じゃあ、行こう！」

俺たちはダンジョンみたいにデカい商業施設の中を進んだ。

併設されている映画館へやってくると、伏見が観たがったのは洋画のバトルアクションものだった。

泣ける恋愛とかじゃなくてよかった……あの手のやつって、泣いた例しがないんだよな。

チケットを買って、時間になると劇場へ入る。

「なあ、伏見、いいの？　チケット代出してもらっちゃったけど」

今日はお詫びの体だから、何かしてあげたかったらしい。

「いいのいいの。でないと、お詫びじゃなくてただ遊んでるだけでしょ？」

お詫び自体が要らないって言っても、全然譲らないもんな、伏見。頑固で真面目《まじめ》なやつ。

まあ、そう言うなら、と俺は厚意に甘えることにした。

ひじ掛けに手を置く。

ふにっ。

ん？　何だこれ。ふにふにする。

「～～～～っ！」

何を握ったのか見てみると、隣の席の人の手だった。

伏見が、顔を真っ赤《まか》にして口をＶの字にしている。

瞬きの回数が尋常じゃねえ！　動揺してるのか、そうなんだな？

「これっ、俺のひじ掛けじゃなくて――」

「わた、わた、わたしの、こ、こっちだった！」

「そそそそ、そっか！」

び、びっくりした……。

手……握っちまった……。

「～～～」

目をぎゅっと瞑《つむ》った伏見は、まだ恥ずかしそうにしていて、耳は赤く、手を大事に胸に抱いている。

こっちも変に照れてきた。こんなふうに伏見と遊んだことがないせいか、テンパってばっかだ。

場内が暗くなり、映画がはじまる。

王道のハリウッド映画で、アクションあり、ラブストーリーあり、最後は敵を倒してヒロインと結ばれるというものだった
定番といえば定番だけど、映画館で見るとアクションシーンは派手で音響の効果もあって、すごく引き込まれた。

エンドロールが終わり、観客がぞろぞろと席を立っていく。

「面白《おもしろ》かったね」

「うん。映画館はいいな」

「だね！　家でDVD借りて見たりするより、迫力が全然違う」

「あ、それ俺も思った。こういうジャンルはとくに映画館で見たほうがいいな」

「ねー」

妙に話が合うなーと思ったけど、そりゃそうだ。

ちっちゃい頃から、子供むけのアニメを一緒に見たり、親に連れられて一緒にその劇場版を観に行ったりしてたから、感覚が似るのも当然と言えばそうなのだ。

いよいよ誰《だれ》もいなくなった劇場では、スタッフがゴミを回収したり掃除をしたりしはじめた。

俺たちも席を立ち、劇場を出ていく。

隣に並んだ伏見と手の甲が触れる。

ドキンとして、思わず手を引いてしまった。

――けど。

手は離れなかった。

俺の指先を、伏見の左手が控えめに握っていた。

意図が読めなかった。だいたい何考えているかわかる幼馴染《おさななじみ》なのに。

どうかした？　――そんなことを訊く前に、頬を染めた伏見が言った。

「きょ、今日は……これから、こうしてて、いい……？」

㉖ 茉菜Pのアドバイスに間違いはない

ちょん、とつままれた俺《おれ》の右手。そこから伏見《ふしみ》の体温が伝わってくる。

何て言えばいいんだ――？　こうしてていいって、このままってことだよな？

と、トイレとかどうすんだ――⁉

脳内でテンパっていると、

「わ、わたし、お手洗い、行ってくる」

ぱっと手を離してトイレのほうへと歩いていった。

だ、だよな。トイレ行くなら手は離すよな……。

壁に背を預け、俺は息を吐いた。

イエスなんだ。イエスなんだけど、びっくりして何も言えなかった。

いきなりどうした、とか、なんで？　とか、色々思い浮かんだけど、言葉にはならなかった。

そういうのって、カップルがするもんなんじゃないのか？

付き合ってないのに手を繫《つな》ぐもんなの？

周りを見ると、カップルらしき男女がちらほら見える。

ゆるく腕同士を絡《から》ませてたり、手を繋いだりしていた。カップルなら、まあ、あれくらいは。

「……」

俺と伏見が、って考えると、顔が茹《ゆ》だってきそうだ。

伏見がトイレに行って一旦《いったん》間が空いてよかった。あのままだったら、オーバーヒートしてずっと無言だった可能性がある。

何気なく上着のポケットに手を入れると、絆創膏《ばんそうこう》が出てきた。

「なんだこれ？」

入れた覚えはないし……使う予定もとくにない。茉菜《まな》がこそっと入れたんだろうか。

こけて擦りむいたら使えってことか？

首をかしげていると、伏見が戻ってきた。

「ごめんね、お待たせ。行こっか」

あれ。思ったより普通。

歩き出した俺の隣に並ぶ伏見。

ちらりと手元を見るけど、さっきみたいなことは起きなかった。

俺が何も言わなかったから、やめてる、のか……？

もう、全然わからん。

普段の学校とか帰り道とかなら、何考えてるのかだいたいわかるはずなのに。

エレベーターに乗り込んだあたりでスイーツを食べようという話になり、エレベーター内にある案内を見て、飲食店が並ぶ階で降りる。

「諒《りょう》くん、甘いもの好き？」

「好き」

「変わってないね」

ふふ、と楽しそうに笑って、見つけたカフェに入った。

それからはいつも通りだった。案内された席で、学校の話や委員会の話をして、これからどうするのか簡単に話した。

……いつも通りで、俺の知っている伏見だ。

それぞれ頼んだメニューで一番安いケーキセットを片付けて、一時間ほどで店をあとにした。

「諒くんは、ギャル系が好きなんじゃないの？」

「何回同じ質問するんだよ。好きじゃないって」

「じゃあ……今日の、茉菜ちゃんに借りたこの服は、微妙だったかな」

ちょっとだけ元気をなくした。

あ。そういう意味か。

「似合ってるし、いいと思う」

「えへへ。よかった」

ストレートに褒めるのって、精神的なパワーを使うのは何でなんだろう。

それから、ファッションブランドを見て回った。

ちょっと可愛《かわい》い店員のお姉さんに目を奪われていると、

「ふむふむ。こういう服着ればいいんだね……」

勉強してた。

中高と遊ぶ機会がないから私服センスがアレだっただけで、これから知識を身につけていけば、もっとまともになるんじゃないだろうか。

「茉菜ちゃん先生にあとで相談しなきゃ」

料理もできるし、真面目《まじめ》だし、オシャレだし、茉菜はギャルなのに結構スペックが高い。

「茉菜に彼氏とかいても、おかしくなさそうなのにな」

「諒《あき》くん……そんなこともわかんないの……?」

呆れたような眼差《まなざ》しだった。

「え。何?」

「なんでもない」

ふいっと顔をそむけた伏見は、気に入ったらしいワンピースを手に取って鏡の前で合わせていた。

「よくお似合いですよ～」

さっき俺が見ていた店員さんがこちらにやってきて、伏見に声をかけた。

「へっ？　あ、は、はい……あ、ありがとう、ごじゃいます」

噛《か》んでる、噛んでる。

「よろしければ、試着もできますのでその際はお声がけください」

「あ、ありがとう、ございます」

伏見がおどおどしてる。

気持ちはわかる。いきなり話しかけられると、びっくりするんだよな。

にこにこ、と店員さんは、子猫を見守るような優しい目つきをしている。

「今日はお兄さんと一緒なんですね～」

「……」

伏見が、白目むいて気絶しそうになってる！　せっかくの美少女が台無しになってる⁉

「おい、伏見、こっちの世界に帰ってこい」

ガクガク、と肩を揺らすと正気に戻った。

「はっ……。さっきわたし、諒くんと兄妹に間違われる夢を見た……」

夢じゃねえぞ。

脳に負荷がかかりすぎたから、一旦気絶したんだな？

ミスに気づいた店員さんは笑顔を強張らせていた。

「ごゆっくりどうぞ～」と、特徴的な高い声を出して、そそくさとこの場を離れた。

伏見は、気に入ったらしいワンピースを手に、ずっと鏡の前に立っていた。

同じ物を見てみると、値段は三〇〇〇円ちょっと。

……俺の映画代を出したせいで、欲しいけど買えないんじゃ。

写真を撮って茉菜に送ってみると、すぐ返信があった。

『可愛いー！』

「諒くん、これどう思う？」

服を持ったままこちらに振りむいた。

特殊な服――今日うちに着てきたような服じゃなけりゃ、だいたいの服なら似合って見える。

俺だけの意見なら不安だったけど、茉菜もいいって言うのなら間違いないだろう。

「いいと思います」

「ほうほう」

そっかそっか、と言いながら、きちんと畳んで元の場所に戻した。

「欲しいんじゃないの？」

「んー。でも、今日はいいかな」

「サイズは？　これでいいの？」

「いいけど……え？　どうしたの？」

「久しぶりに、一緒に出かけた記念ってことで……プレゼント、するから」

えーでも悪いよっ！　と言う伏見には構わず、さっきまで持っていたワンピースを手に取り、レジへむかった。

ちょうどさっきの店員がレジの対応をしてくれた。

ちらっと俺と目が合う。

『買ってあげるんだー？　へぇー？』とか言いたそうな目をやめてくれ。

支払いを済ませ、伏見に紙袋を渡す。

「久しぶりに出かけたってことで」

「はっ、初デート記念ってことで……」

言い直された。

やっぱり今日のこれは、そういうつもりで――。

またオーバーヒートしかけていると、伏見が紙袋を大事そうにぎゅっと抱えた。

「ありがとう、諒くん」

その笑顔が直視できなくて、顔を背《そむ》けて「お、おう」と小声で返すしかできなかった。

㉗ ここで使うあのアイテム

ご機嫌な伏見《ふしみ》と一緒にショッピングモールの中をうろうろしていた。

そうしていると、いつの間にか外は薄暗く夜と言っても差し支えのない時間となっていた。

「あとちょっとで六時か」

「あっという間だね」

門限があるとは聞いてないけど、遅くなるのはよくないだろう。

「帰ろうか」

俺《おれ》のひと言に、伏見の表情から喜色がどんどん薄れていった。

「……うん。そうだね」

「こんなふうに遊んだことがないから、楽しかったよ」

「わ、わたしも！」

今まで俺たちの遊びっていえば、色気も何もない公園や家で何かするくらいで、小学生のときから止まったままだったけど、高校生になってそれらしい遊びをするのは、はじめてだった。

「最後に寄りたいところがあるの」

出口のほうへむかっていると、伏見にそう言われたのでついていくことにした。

「夜になると、ライトアップされる綺麗《きれい》な庭園が屋上にあるみたいで――」

それを観《み》たいらしい。

エレベーターに乗り屋上に出ると、伏見が言っていた庭園はすぐに見つかった。季節の花や植物が植えてあり、人工の小川が流れている。

「綺麗だね」

計算されているらしい照明は花や草木を照らしている。

そうだな、と返して、庭園を歩いていく。

チロチロ、と流れる小川の音に交じって、チュル、チュ、と違う音が聞こえた。

何の音だ？

怪訝《けげん》に思って音のほうを探ってみると、二人がけのベンチに座ったカップルがちゅちゅ、とイチャついているところだった。

「っ」

こ、こんなところで⁉　ここ、外ですけど！　雰囲気がいいのはわかるけど。

ちらりと伏見を見ると、カチーンと固まっていた。

「……」

まだ何もしたことのない俺たちからすると、カップルってこんなことするんだっていうリアルすぎる現場を目撃しちまった。

「ふふ。ちょっと、それ以上はダメ」

「誰《だれ》も見てないから」

はじめてレンタルビデオショップのアダルトコーナーに迷い込んだかのような衝撃だった。

無理やり自分の世界観が押し広げられたみたいな、そんな気分だった。

「ふ、伏見、い、行こう……」

完全にショートしてる伏見の手を引いて、庭園を歩く。

けど――。

中にあるベンチは、ほぼカップルが占領していて、アツアツな状況だった。

「俺たちは、ば、場違いすぎかもな……」

「そ、そ、そうだね……」

足元だけを見て、足早に庭園を出ていく。

「……何で？　外なのに……。庭園、綺麗なのに……あ、あんなこと、する場所じゃないよ」

伏見が半泣きだった。

猫動画だと思って開いたらグロ動画だった、みたいな気分な。うん、わかるぞ。

「今日のデート、イイ感じに締めくくるつもりだったのに……」

「庭園自体は綺麗だったから」

「ならいいけど……」

あのままスタートしちゃうんじゃないかってくらいの勢いだったもんな……。

この庭園は、俺たちには、まだ早かった……。

低レベル冒険者の俺たちは、高難度ダンジョンから逃げるように去っていく。

「いたっ……」

伏見がしゃがみこんだ。

「どうかした？」

「ううん、大丈夫。ちょっと靴ズレしちゃったみたいで……」

見てみると、痛々しいくらいに踵《かかと》の皮が剝けてしまっていた。

………。

あ。そういうことか。

「これ、絆創膏《ばんそうこう》。使ってくれ」

「いいの？」

「うん。たぶん、こういうことだと思うから」

「？」

あのギャル有能すぎるだろ。

自販機の隣にあったベンチに座り、伏見が膝《ひざ》を立てる。

ちょっと、伏見さん、スカートの中が……。

「ま、待て。俺が貼《は》るから」

「え⁉ だ、大丈夫だよ」

「そのままじゃちょっとアレだから、足こっちに、ほら」

「い、一日中歩いた足だから、むむむ、無理っ！」

「今の体勢だとパンツが見えてるんだよ！」

「ふわあああ⁉ 何で見るの⁉」

慌てて伏見が脚を閉じてスカートの裾《すそ》を押さえた。

「見るんじゃなくて、見えたんだよ。不可抗力ってやつで……」

「ううう……」

警戒する犬みたいに唸《うな》り声を上げた伏見は、絆創膏を渡して、足を俺の膝の上に乗せた。

「に、におい嗅《か》がないでよね……？」

「嗅ぐか、あほ！ そんな特殊な性癖してねえよ」

「でも念のため、息は止めてて」

「臭い自信あるから？」

「もおおおお、やだあああああ！」

「ちょ、こら、ジタバタしたら――」

足をバタつかせたせいで、またパンツが……。

ガシッと足を摑《つか》んで、絆創膏を患部に貼ってあげた。

これで大丈夫だろう。

「ほんと、ヒドい」

ぷう、と膨れてしまった。

「それは、息止めててとか厳重な対応を求めてくるからで……」

堪《こら》えきれなくなって、俺はクックッと笑った。

「爆笑してるし……」

ごめんごめん、と何度か謝ってどうにか許してもらった。

駅までの道を歩く中、改まったように伏見がお礼を言った。

「ありがとう。絆創膏。助かったよ」

「ああ、それは茉菜《まな》に持たされただけだから、お礼は茉菜に言ってあげて」

ふふふ、と笑われた。

「黙っておけば、自分の手柄にできて気が利《き》く男ってアピールできたのに。素直なんだね」

「自分の手柄なんて要らないから」

「わたしは、諒《りょう》くんが思うほど、いい子でもないし素直でもないよ、きっと」

「伏見が言う、『いい子でもないし素直でもない』ってのは、たぶん俺基準だと、いい子で素直の範囲に収まると思うぞ」

そんなことないよ、と伏見は言った。

電車で最寄駅まで帰ってくると、もう夜の八時に近かった。

「遅くなってごめん」

「ううん。寄り道したいって言ったの、わたしだから」

登下校と同じ道をただ歩くだけだけど、夜というのもあって、雰囲気が違って見える。

伏見も、町並みも、どこかパラレルワールドみたいに感じた。

「諒くん、ごめん、絆創膏もうひとつない？」

「また靴ズレ？　悪い、あれしかない」

「そっか。でもあとちょっとだから歩くよ」

自転車で来ればよかった。でも貧乏高校生には、駐輪代が惜しい……。

歩くペースも遅くなり、痛そうに歩いている伏見。

「……」

周囲を見回して、人が誰もいないことを確認した。夜だし、いたとしても俺たちだってわからないだろう。

俺は伏見の前でしゃがんだ。

「背中。乗れよ」

「え、お、重いからいいよ」

「おぶったほうが速いから。痛いんだろ」

「……じゃあ……お願いします」

首に腕が回され、背中に伏見の体が密着した。

……わかっていたけど、胸の感触がまるでない。

口に出せば頭を好き放題叩《たた》かれそうだったので、胸の中にとどめておいた。

「重い？」

「重くないよ」

首に回される腕に、少しだけぎゅっとされた。

伏見がこそっと耳元でささやいた。

「……ありがとう」

「どういたしまして」

街灯が照らす道を俺は伏見を背負って帰っていった。

㉘ 仲は良いけど――。

◆鳥越静香《とりごえしずか》◆

土曜の夜、携帯でゲームをしているとメッセージがいくつか入った。

ピコン、とまたさらに携帯がメッセージを受信した。

三通のメッセージを上から順に読んでいく。

ヒナ

『今日上手《うま》くいったよ！』

『色々ハプニングもあったけど（汗）』

『鳥越さんが誘えば？　って背中押してくれたおかげだよ！　ありがとう！』

今日一日、高森《たかもり》くんとのデートがよっぽど楽しかったらしい伏見《ふしみ》さん。

私に、わざわざお礼のメッセージを送ってくれた。

律儀で真面目《まじめ》な人。

いまだにどういう対応をすればいいのか、私は判じかねていた。

高森くんは、元々幼馴染《おさななじみ》で仲がよかったからフランクに話しているのもうなずけるけど、こっちはそうじゃない。

『どういたしまして』とだけ返しておく。

相手が学校のアイドルでプリンセスなのだと思うと、どうしても引け目を感じて、距離を取ってしまう。

私の素っ気ない文字だけのメッセージが、よくそれを表していた。

いい人なのだ。

もちろんそれは知っている。でも。

水清ければ、魚棲まず。

私のイメージの伏見さんは、この言葉がぴったりだった。

クラスの中心でも何でもない図書委員の地味女子からすると、近寄りがたいのだ。

それでも取り巻きたちは、どんな休憩時間でもそばにいようとする。

高森くんがどう思っているかわからないけど、伏見さんの取り巻きの男女数人は、打算的な人が多い印象だった。

いつか高森くんに言った『伏見バフ』を使って、自分の価値を高めようとしているのが透けて見えて、あのグループは苦手だ。

『今度、お昼一緒に食べない？』

メッセージ画面に新たに表示された文字を見て、少し考える。

伏見さんが来れば、取り巻きたちもあの静かな物理室にやってくるだろう。

「それは……嫌だな……」

ベッドの上で携帯にぽつりとつぶやく。

一緒に食べたいのは、私じゃないことくらいわかる。

私がオーケーって言えば、いつも同じ物理室にいる高森くんとも昼食を食べやすくなるから。

いや、でもどうだろう。この予想は、あまり自信がない。

裏表のない人っぽいし、額面通りの誘いなのかもしれない。

「……て言ってもね……」

伏見姫奈《ひな》は、クラスの核であり、学校の核でもある。

彼女が移動すれば、磁石に吸い寄せられる砂鉄みたいに、余計な物までぞろぞろとついてきてしまう。

伏見さんは悪くない。でも、もっと周囲の状況や自分がどう思われているのか、理解してほしい。

その理解が足りないって部分では、悪いのかもしれない。

だからといって、拒否はできなかった。

プリンセスのお誘いを、平民が断れるはずもない。

学校っていうのは、たぶんそういう場所だから。

私は、また素っ気ない返事を送った。

◆伏見姫奈◆

デートの余韻がようやく覚めたころ、お礼のメッセージを送り、鳥越さんを昼食に誘った。

『いいよ』

しばらくして、そんな返事があった。

「よかった……」

実は、嫌われているんじゃないかと少し思っていた。

学級委員に立候補したときも、むこうに譲らせてしまったし。

素っ気ないけど、元々そういう人のような気がする。

物静かで、頬杖《ほおづえ》つきながら本を読んでいるのがよく似合う鳥越さん。

諒《りょう》くんに、昼休憩に何を話しているのか訊いても、たいしたことないとか、何もとか、曖昧《あいまい》な答えばかり返ってくる。

それでも、同じ物理室で昼休憩を過ごすのは、お互い居心地がいいからだろう。

諒くんがそう思える女子がどんな人なのか、わたしは興味があったし、なれるのなら仲良くなりたかった。

「静かな場所だから……みんなが来ると騒がしくなるから……」

どうしたらお昼休み一人になれるのか、頭を悩ませる。

二人の休憩時間に、土足で踏み入るような真似《まね》はしたくない。

『りょーくん、りょーくん』

メッセージで呼びかけると、すぐに反応があった

『?』

好きな人が、呼んだら反応してくれる。それだけで、嬉《うれ》しくなってしまう。

『お昼、物理室行ってもいい?』

『無理』

間髪入れずに即答……。切ない……。

ただ、彼らしくはあった。

空気を読む読まないの前に、気持ちいいくらい自分本意で会話をする。

わたしの前でも他の生徒の前でも、先生の前でも、諒くんだけは仮面を被《かぶ》らない。誰《だれ》かにならない。

みんな、みんな、みんな、TPOを気にして、空気を読んで、顔色を窺《うかが》って、誰かになっているのに。

学校でそんなことができる諒くんは、わたしには勇者に見えた。

誰が相手でも無理をしないし気を遣わない諒くんは、話をしていてどこか安心感があった。

ただ、建前《たてまえ》が少ないから、ときどきグサッと刺さることを言うけど……。

こんな人だったっけ？　と、再び仲良くしはじめた頃は首をかしげた。でも新鮮味をそこに感じて、もっとよく知りたいと思うようになった。

幼馴染とはいえ、中学から最近までこれといった接点がなかった。

よく知っているとはいっても、それは小学校の頃やそれ以前の話。

諒くんが、どんな中学生でどんな高校生になったのか、わたしはわからない。もちろん教室での彼は知っているけど、それで知られるのは二割くらいなものだろう。

鳥越さんへのメッセージを書いては消すことを何度も繰り返し、何が言いたいのかわからなくなってメッセージアプリを閉じた。

……高校生の諒くんをよく知っているのは、わたしじゃなくて鳥越さんなのだと思うと、少し胸が痛んだ。

29 聖域に土足で上がり込まれることはままある

週明けの月曜日。

気だるい体を引きずりながら伏見《ふしみ》と一緒に登校する。

いつの間にか、『幼馴染《おさななじみ》』が板についてきた。

いや、それは俺《おれ》もかもしれない。

付き合ってはないが、伏見姫奈《ひな》といつも一緒にいる幼馴染の男——そんなふうに学校全体に知れ渡り、羨望《せんぼう》の眼差《まなざ》しも嫉妬《しっと》の目も、ずいぶんと減ったような気がする。

今日も今日とて、とりあえず学校に行って適当に授業を聞き流し、軽く学級委員の雑用をこなす。

今日も一日何事もなく終わるんだろうなー、と思っていた昼休憩。

コンコン、と物理室がノックされた。

離れた席にいる鳥越《とりごえ》と目を合わせ、お互い首を捻《ひね》る。

「失礼しまーす」

こそっと扉を開けて、伏見が入ってきた。

「……何しに来たんだよ」

「諒《りょう》くんってばご挨拶《あいさつ》なんだから。わたしは、鳥越さんとご飯食べる約束をしてたから来た

だけですぅ」

べっと伏見は舌を出すと、鳥越がいるほうへと歩いていった。

取り巻きのうるさいやつらもここに来るんじゃないかと心配したけど、まだその気配はなさそうだった。

「伏見さん、他の人たちは？」

「あー……はは。トイレ行くって言って、撒《ま》いてきちゃった」

そうでもしないとついて来ちまうんだろうな。

「みんな可哀想《かわいそう》に」

心にもないことを茶化《ちゃか》すように言った。

「仕方ないでしょっ。本当は、わたしだって静かに過ごしたいんだから」

顔を見なくても、むくれるその表情が想像できた。

一緒に食べる約束って……そんな小学生じゃあるまい……。

茉菜《まな》が作ってくれた弁当をついていると、二人の会話が聞こえてきた。

俺が知っている限りでは、サシで話すところなんてはじめてじゃないのか？

約束をしていただけあって、伏見は鳥越が興味ありそうな話題を持っていた。

二人がしているのは、主に小説の話。

伏見って、小説とか読むんだな。俺も会話を聞いていてはじめて知った。

たぶん、俺が小説に興味ないから普段話さないだけなんだろう。

「あの映画、面白《おもしろ》かったから原作小説も買って読んだんだけど、中盤以降が本当にシビれる展開で」

「うん。あの作家さんは、サスペンス性が強いから、怖いもの見たさというか、そういう気分にさせてくれる」

「わ、わかる……映画はそれほどでもなかったけど、中盤入ってからずっと読んでて、気づいたら夜中の二時だったもん……」

「あるある」

と、盛り上がっていた。

取り巻き連中相手には、小説の話なんてしてもこんな会話ができないから、伏見からすると鳥越は身近にいた同好の士なんだろう。

……俺、あんなふうに好きなことを好きなように話せる相手って、誰《だれ》かいたっけ……。

…………まずい。真っ先に茉菜の顔が浮かんだ。

俺と同類でほぼ友達がいない鳥越ですらあんなふうに好きなことをしゃべるのに、俺ときたら……。

なんか、ヘコむ……。

オススメを教えあっていて、二人はとても楽しそうだった。

なるほど。伏見は小説の話がしたくて鳥越と昼食の約束を取りつけたんだな。

表情も教室で見るプリンセス面じゃなく、素の表情に近い。

俺以外にもそんな顔をすれば、もっととっつきやすくなるのに――と思い続けていたものの、実際それを目の当《あ》たりにすると、ほんの少し寂《さび》しかった。

別に、素の伏見を独り占めしたいわけじゃないし、そうしたほうが伏見のためになるのもわかっているんだけど。

弁当を食べ終え、やることがなくなったので携帯でゲームをしていると、廊下から男女の騒がしい声が聞こえてきた。

時計を見ると、まだ午後最初の授業である五限目には、二〇分ちょっと時間がある。

その声が聞き慣れたものであることに、すぐに気づいた。

がらり、と扉が開くと、女子三人と男子二人が入ってきた。

「ヒナちゃん、どこ行ったかと思ったらこんなとこにいたー」

「何してんの、こんなところでー？」

伏見の周囲に常にいる常連メンバーたちだ。暇に飽かして捜していたらしい。

表情が一瞬曇った伏見だったけど、すぐに教室でよく見る品行方正な笑顔をした。

「ごめんね。トイレの途中で思い出したことがあったから」

鳥越なんて視界に映らないかのように、いつものように伏見の周囲を固めはじめた。

「鳥越さんと何話してたの？」

「ここめっちゃ静かでいいね」

「食堂とか教室うるさいし、オレらも今度からここ使わせてもらおうぜ」

「えっ、でもそれは――」

伏見が焦《あせ》ると、鳥越が荷物を手に静かに席を立ち物理室を出ていった。

ショックを受けたような、申し訳なさそうな困り顔を伏見がしていた。

俺は伏見に目配せして、席を立つ。まあ、フォローは任せとけ。

伝わったかどうかはわからないけど、首が小さく動いて、うなずいたように見えた。

静かな物理室には、彼らの話声がよく響いた。

鳥越を捜して校内をうろついていると、ようやく見つけた。

図書室のカウンターで、鳥越は本を読んでいた。

本棚から一冊本を抜いて、カウンターに置く。

「……これ？　さっき伏見に勧めてたやつって」

「高森《たかもり》くん」

カウンターに尻《しり》を預けるようにして、後ろに手を置いた。

「難しいよな。あいつらが悪いってわけじゃないんだから」

「うん。そうだね。空気読んでよって思うけど、教室の中ででもあんな感じだし」

「物理室だって、俺たちが勝手に使ってるだけだしな。あいつらも勝手に使っていいんだよな」

うん。だよね。と鳥越も言う。

あいつらはああいうキャラで、俺たちはこういうキャラだ。

ジグソーパズルのピースみたいなもんで、ピースそれぞれに善悪なんてなくて、ただあるのは、噛《か》み合うか噛み合わないかだ。

「伏見さんにお昼を誘われたとき、こうなるんじゃないかって、ちょっと思った」

手の横に、俺が借りた小説が置かれる。

——貸出期限は二週間。二週間後の五月三日は休みなので、休み明けの来月六日に返却してください。

そんな事務的な説明が聞こえた。

「嫌なら、断ればよかったのに」

「この階級社会でそんなことできる勇者は、高森くんだけだと思うよ」

「階級社会って……何と戦ってんだよ」

伏見もそういう他人の目を気にしていた。鳥越もそうだとは少し意外だった。

「もし断ったとしても、伏見は悪口言ったり、陰口言ったりしないぞ」

「うん。伏見さんは、私たちが取り巻きの人たちと噛み合わないっていうのをきちんとわかってて、あの人たちから逃げて物理室に来たんだよね」

「そういうやつだよ、あいつは。ときどき真面目《まじめ》で頑固だったりするけど、空気読むのは超上手《うま》いから。だから、今回のことは、許してやってほしい」

背後で鳥越が、ふふ、と吐息のような笑いをこぼした。

「怒ってないから大丈夫。よくあることだから」

俺たちみたいな静かにただ過ごしたいやつってのは、いつだって追い出される側だ。

「まあ、その……あれだ。これに懲《こ》りずに、伏見とはまた小説の話でも何でもしてやってくれ」

「高森くんは、伏見さんの何なの?」

声に笑いが混じっていた。

「幼馴染」

「そうだとしても、普通そこまで心配しないよ」

そうか? と首をかしげた。

「仲良くて仲良くて、一周回って家族みたいになってたら、そんなふうには思わないと思うよ」

……前みたいに、肩書だけの幼馴染だったら、そこまで気にしなかったかもしれない。

あの頃は、伏見は人気者で、空気を読むのが上手くて——だから何かあっても勝手にどうにかするだろうって思っていた。

「でも、困ったなぁ」

小声で鳥越がこぼした。

「思った以上に気さくで、可愛《かわい》くていい子で、小説の話ができて……。困ったなぁ……」

伏見は、鳥越が持っていたイメージをはるかに上回った人物だったようだ。

肩越しに振り返ると、すぐに鳥越は目線を下げて委員の仕事を再開した。

「……鳥越、あと五分で休憩終わるぞ？」

「わかってる」

数冊の本を抱えて、それを棚に戻していく。俺も手伝いを買って出た。

言われた通り、作者名を五十音順になるように本棚に差していく。

背中合わせで本を戻していると、強張った声で尋ねてきた。

「た……高森くんって、好きな人、いないの……？」

30 宣言

「は？」

唐突な質問に、思わず声が出た。

――好きな人、いないの……？

振り返ると、鳥越《とりごえ》は淡々と仕事をこなしている。また一冊、本棚に小説が収まっていく。

「……メジャーリーガーのあの人。レジェンドの。結構好き」

「野茂《のも》かな」

「そうきたか」

「……それはこっちのセリフでもあるけど」

ぼそっと言って、俺《おれ》を急《せ》かす鳥越。

「早くしないと、授業はじまるよ、学級委員」

「仕事遅くて悪いな。けどな、こっちは慣れてないんだよ」

手伝いを買って出ておきながら文句を言うと、俺が持っている数冊を鳥越は預かり、手際よく棚に戻していく。

「これで終わり。ありがとう」

「いいよ。結局足手まといだったような気がするし」

ふるふる、と首を振ると、髪の毛がさらさらと揺れた。

「結果じゃなくて、その厚意に対するお礼だから」

「お、おう……まあ、それなら……」

と、曖昧《あいまい》に返して、俺たちは閑散とした図書室をあとにする。

教室に戻ると、伏見《ふしみ》が心配そうな目をしていた。

先生がやってきて、号令を済ませる。授業がはじまると、筆談を開始した。

『鳥越さん大丈夫だった?』

『大丈夫。誰《だれ》のせいでもないっていうのはわかってるから』

話し相手に困らない伏見だけど、腹を割って話せる友達らしい友達はいなかったように思う。

俺は、伏見と鳥越には仲良くなってほしい。

個別に知っている俺からすると、二人があんなふうに気兼ねなく話すなんて思ってもみなかった。それくらい意外な組み合わせだったのだ。

『ごめんね。もう物理室には行かないようにするから』

ノートに書かれた文字を見て、視線を上げて表情を窺《うかが》う。

伏見は困ったように笑っていた。

そうしてくれると、俺も鳥越もありがたい。
学校内で無言でいられて、誰かの目を気にしなくてもいい自由な時間と場所だから。
そこでひとつ思いついた。
仲良くなれる時間ってのは、何も昼休憩に限定した話じゃない。
『帰り、鳥越誘ってどっか行く？』
うん、と伏見はうなずいた。
ま、むこうが承諾すればだけど。
黒板を見ながら、こっそり机の下で携帯をイジる伏見。
後ろの席にいる鳥越の様子は、俺たちにはわからない。
何度かやりとりをしたらしい伏見は、指で輪を作ってオッケーのサインを出した。
鳥越にも多少は仲良くしようという気があるようでよかった。
放課後を迎えて、伏見が学級日誌を書いている間、鳥越は席で携帯を見ていた。
「何見てんの」
「漫画」
このデジタルっ子め。
「お待たせ！」
ぱたん、と学級日誌を閉じて、伏見が鞄《かばん》を手に席を立った。俺たちもそれに合わせて

「伏見さん、本当にいいの？」

「うん。そうじゃなきゃ誘わないよ」

「ううん……そういう意味じゃないんだけどなぁ……」

困ったように、鳥越は頬《ほお》をかく。

話が見えず、俺と伏見は顔を見合わせた。

教室をあとにして、学級日誌を職員室の先生のところまで届けに行き、俺たちは校舎から出ていく。

「諒《りょう》くん、どこかあてでもあるの？」

「図書館とかどう？　学校のじゃなくて、市立の。近くに大きなやつがある」

学校を早退したとき。母さんが仕事に行くまでの間、そこで時間を潰《つぶ》したことがあった。まっすぐ家に帰れば仮病が一瞬でバレるし。

「鳥越、そこでもいい？」

「うん」

話がまとまったので、そこへむかうことにした。

昼休憩に話をしたおかげか、鳥越は伏見のことをそれほど悪く思っているわけじゃないらしい。

打ち解けたってほどでもないけど、そうなりつつあるのはたしかだった。

歩いて五分少々で市立図書館に到着した。

「お、おっきい……」

鳥越が思わずといった様子で声に出した。

「体育館くらいありそう」

伏見のたとえは、まさにこの図書館を表す広さにはぴったりだった。

本棚がたくさんあり、絨毯《じゅうたん》と図書館特有の古紙の匂《にお》いがしている。

「わたしたちはいいけど、諒くんは図書館で何するの？」

伏見は、俺が本を読むなんてこれっぽっちも思ってないらしい。読書家っていうほど、本を読むタイプでもないからな。

授業の宿題をする、なんて予想も、相手が俺じゃしづらいんだろう。

「何をするって、静かに窓際で読書」

「ふふふ」

「おい、笑うな。別に冗談で言ったわけじゃないんだぞ」

鞄から、こそっと昼休憩に借りた本を出す。

「あ――それ」

「鳥越オススメのやつ。読んでるから。窓際で」

「さっきから何で窓際縛りなの？」

伏見が言うと、ふふっ、と今度は鳥越が控えめに笑った。

本好きは本好き同士で積もる話もあるだろう。

お邪魔しないように、俺は閲覧スペースのほうへむかった。

そこでは、受験生らしき三年生が何人か勉強していた。俺は邪魔にならないように、彼らから距離を置いて、宣言通り窓際の席に着いた。

二人が本棚のほうへ消えるのを見届けて、俺は借りた本を開いた。

たぶん、そんなに時間はかからずに仲良くなるだろう。

◆鳥越静香《しずか》◆

「この小説、よかったよ」

伏見さんの選球眼……もとい選本眼はなかなか渋い。

私が知らない作家や、気になっていた作家の作品を読んだりしていた。

読んだ作品が被《かぶ》ることは少なかったけど、興味はあるものばかりだったので、質問にもつい熱が入ってしまった。

「作中の雰囲気は、ちょっと暗いんだよ。ずーっと雨降ってるイメージ」

「伏見さんって……あれだよね……不幸な話好き？」

「あー……。そういう節があるかも」

面白《おもしろ》い、と太鼓判を押して勧めてくれた作品は、バッドエンドというか、主人公が追い詰められるものが多い。

もっとフワフワした、ガーリーでドリーミーな感じの少女小説とかが好きそうなのに。

「意外」

「そうかな？」

そのギャップも、彼女の魅力になってしまうんだろう。

素直に、いいな、と思ってしまう。

伏見さんが本を読んでいれば、知的なイメージがプラスされる。

私が本を読んでいれば、暗いというマイナスイメージが増す。

「……どうして、誘ってくれたの？　私なんて、邪魔にしかならないのに」

帰り道、二人でいつも帰っているのを知っている。

「言い出しっぺは、諒くんだよ。わたしも、仲良くしたいなって思ったから」

「……そう」

あの人……何考えてるんだろう。

どこにいるのか首を伸ばして確認すると、閲覧スペースにいた。宣言通り窓際でハードカバーの本を広げている。

そして、頬杖《ほおづえ》をついて……寝てる。

らしいな、と思って笑みがこぼれる。

「読書読書って言っておいて、寝てる」

それに気づいた伏見さんも笑っていた。

「「窓際で」」

たまたま声が揃《そろ》って、くつくつ、と声を殺すようにして笑い合った。

昼休憩のときも感じた。

教室では、澄まし顔のプリンセスだけど、こんなふうにも笑うんだと思うと、私はこの人を嫌いになれなかった。

だからこそ訊いておきたかった。言っておきたかった。

ひとしきり笑ったあとの妙な間が、それを決意させた。

「伏見さんは、高森《たかもり》くんのことを好きな女子が現れたら、どうする？」

「どうって……。どうしたの、いきなり」

想像したらしく、彼女の可愛《かわい》らしい顔が複雑そうに曇る。

そのあと、誤魔化《ごまか》すように浮かべた笑顔は、いつになく固い。

「私、高森くんのこと……好き……なんだと思う」

㉛ 油断大敵

気がついたら外は雨がちらついていた。

これくらいなら、傘がなくても帰れるだろう。

壁掛け時計は夕方五時を回ろうかという時間を示している。

テーブルの上には開かれたままの、鳥越《とりごえ》オススメの小説があった。二、三ページめくったあたりから記憶がない。

「あ。起きた」

むかいに伏見《ふしみ》がいた。文庫本を片手で開きながら、頬杖《ほおづえ》をついて俺《おれ》の目を覗《のぞ》き込んでいる。

「静かだからよく眠れたでしょ」

「私語厳禁」

「ヒソヒソとやればセーフなの」

俺の軽い注意にむくれたみせた伏見。

まあ、周りに誰《だれ》もいないしいいか。

「鳥越は？」

「……先に帰っちゃった。気になる小説がなかったのかも」

「ふうん。そっか。仲良くなれた？」

苦笑しながら、伏見は出入口のほうへ目をやった。

「『趣味』が一緒なんだなって思って」

だろうな。だから俺もこの図書館を選んだんだし。

「共通の話題があると、盛り上がりやすいもんな」

「ううん……うん。そうだね。色んな意味で」

今度は困ったように眉根《まゆね》を寄せながら笑った。

「盛り上がるというか、白熱する気配すらあったかも」

「へえ。伏見はともかく、鳥越も？」

好きなものを語るときは、誰でも熱を持つものか。

「うん」

さっきから、伏見の笑顔に何かが混じっているように感じられた。

何かあったのか？

話は合ってるみたいだし……いや、同じ趣味だからこそ譲れない主張ってやつがあって、それでぶつかり合ったのかもしれない。

感想を言い合ううちに意見に食い違いが出て――みたいな。

けど、同じ趣味じゃないとぶつかり合うこともできない。

「激しくても意見交換できる相手ができてよかったな」

まあねえ、と間延びさせながら伏見は言う。

鳥越が帰ったこともあり、図書館にいる理由がなくなった。

俺たちは雨がぱらつく中、駆け足で駅へむかった。

◆伏見姫奈《ひな》◆

「じゃあな」

玄関先で諒《りょう》くんと別れ、帰っていく背中を見送る。

地元の駅に着いた頃には雨は上がっていて、今は雨上がり特有の埃《ほこり》くさい臭《にお》いが少ししていた。

くるっとこっちを向いた諒くんが、シッシと払うように手を振る。

いつまでも見てないでさっさと家の中に入れって言いたいらしい。

わたしはまたこっちを見てくれたことが嬉《うれ》しくて、手を振った。肩をすくめた諒くんが再び歩き出して、その背中は見えなくなっていった。

『私、高森《たかもり》くんのこと……好き……なんだと思う』

あれから、ずっとその言葉が耳から離れない。
何も言えなくなって、わたしは本棚の間に立ち尽くしてしまった。
わたしの幼馴染《おさななじみ》のことを、好きなのだと、わたしの目を見て鳥越さんは言った。
誰もいない家に入り、部屋のベッドに倒れ込む。
「わざわざご丁寧に……わたしに言わなくても、いいのに……」
今までその手の話題は、諒くんには皆無だった。
誰かが好きだ、とか聞いたことがない。諒くんが誰かのことを好きだ、とかもない。
噂《うわさ》でも耳にしたことはなかった。
何かあれば耳ざとい恋話好きの女子が教えてくれただろう。
だから、誰にも獲られることはないものだと、安心しきっていた。
「うむううう……慢心……幼馴染ゆえの、慢心」
反省。
でも、ちゃんと伝えてる。言ってるもん、わたし。なのに全然気づかないし。
「諒くんのばか」
諒くん、おっぱい大きい人好きだし……。
この前部屋に行ったとき、えっちなＤＶＤはそういう女の人だったし。
わたしは、その、まだ発展途上だし。

体育のときちょっと見えたけど、鳥越さんの胸は……大きくはない。決して。

でも、わたしより大きいのは、たしか……!

「……悔しい……」

鳥越さんから好意を打ち明けられたら、諒くんはどう思うだろう。

いつも一緒にお昼を過ごしていただけのクラスメイトだ。

選択肢の候補になる。

それも最優先の選択肢になりはしないだろうか。

「うっ……想像だけでドキドキしてきた」

変な汗が出てくる。

鼓動の鳴り方が不規則になって息が苦しい。

そんな場面を想像するだけで、嫌な気分で胸がいっぱいになる。

今日はお邪魔してしまったけど、二人で共有している世界観のようなものが、あの物理室にはあった。

それもあって鳥越さんのことは興味が尽きないし、仲良くしたいんだけど……。

「わたしにむかって諒くんが好き、なんて言えば、戦争しましょうって言ってるのと一緒だよ……」

素に近いやりとりができる鳥越さんとは、これからもっと仲良くなっていきたいって思っていたのに、あっちはそうじゃなかったってこと……？

宣戦布告するってことは、そうなんだろう。恋敵《こいがたき》とみなしているってことだ。

仲良くしたい人にそんなふうに思われていたなんて、かなりショック。

「この前のデートで、好きって言えばよかった……っ！」

でも、どうせまた勘違いしちゃうんだろうなー。まだいいや、時間はたくさんあるもんねー。

「――――って思ってたのにっ！」

時間、全然残ってなかった！　慢心……！

油断大敵って言葉作った人、たぶんわたしと同じ状況だったんじゃないかな。

それくらい今のわたしはぴったりと当てはまる。

幼稚園の頃から、わたしは一番近くにいたってだけで、諒くんの一番は違う子だったんじゃないだろうか。

小学生のとき、諒くんのノートにそれを見つけて嫌な気分になって、思わず破ってしまった。

小学生女子の幼い恋心が犯してしまった小さな罪。

勉強机の引き出しの中にそれはある。

捨てることに罪悪感があったんだろう。人のものを勝手に破いて、捨てるなんて。

捨てなければ、テープか何かで繋《つな》げられるからセーフ――。

たしか、そんなことを思ってこの引き出しに閉じ込めた。

施錠してある鍵《かぎ》つきの小さな引き出しを開けると、雑に破られた紙片が一枚あった。

約束のことをさっぱり覚えていないのは、わたしのことを何とも思ってないからじゃ——。

それには『好きな人』と諒くんの字で書いてあり、記されているのは、わたし以外の女の子の名前だった。

㉜ 開戦

図書館に行ってからの数日、ずっと伏見《ふしみ》の元気がない。

「おい、伏見、号令」

「あ」

伏見は、珍しく俺《おれ》に促されて授業の挨拶《あいさつ》をする。いつもは立場が逆だ。

伏見の号令に続いて、俺やクラスメイトたちが適当に挨拶をした。

ぼんやりとしているかと思えば、ときどき、真面目《まじめ》な顔になったり、悲しそうな顔をしたりしている。

登校中にそれを訊いても「ううん、何でもないの」としか言わない。

何でもなかったら、もっといつも通りだろうに。

男子の俺にはわからない女子ならではの悩みとかがあるんだろうか。

だったら、俺じゃなくて茉菜《まな》とかなら相談しやすいのかもしれないけど。

「ここの問題を――じゃあ、伏見、解いてみろ」

「え、あ、えと……」

慌てて教科書と黒板を見比べる伏見。

授業を全然聞いてなかったっぽい。

「りょ、諒《りょう》くん……わかる？」

困惑しきりの伏見に、俺は笑顔を返した。

すまんな、伏見。俺も先生の話はまったく聞いてない。

「グッドラック」

「何で英語」

「聞いてなかったのか。伏見、ちゃんと聞いておくようにー」

「あ……は、はい……すみません……」

珍しい。本当に。

何かがあるとすれば、取り巻き連中とのことか？

『今度から昼休憩は物理室行こうぜ！』

『ちょ、ちょっと待って――物理室はやめようよ』

『何でだよー？』

……みたいな感じで揉《も》めたとか。

物理室の先住民である俺たちを思っての行動が、角を立てる結果になった――。

ううん、ありえるな。

休憩時間になると、上の空が続く伏見に俺は言った。

「もし物理室使うんなら、別に大丈夫だぞ？　俺と鳥越《とりごえ》はまたどこかいい場所を探すし」

「諒くんと鳥越さん……」

じいっと見つめてくる瞳《ひとみ》はどこか切なそう。口をゆるくへの字にして、眉尻《まゆじり》を下げていた。

「……そ、そうだね……」

何だ？　何か言いたげだけど。

「何か言いたいことがあるんなら、聞くぞ？」

じいいいいいいい、と猜疑の眼差《まなざ》しで俺を突き刺してくる伏見。

「わたしはね、諒くん。言ったんだよ。言いたいことは。言ってきたんだよ、今まで！　でも、でも、んんんんん全っっっっ然聞いてないんだもん！」

べしべし、と俺を叩《たた》いてくる。

「待て待て、こら。どうしたどうした、姫奈《ひな》ちゃん。落ち着けー」

みんな俺たちを見てる。プリンセス顔からむくれた姫奈ちゃん顔の伏見を不思議そうに眺めていた。

伏見のイメージが崩れちまうから、膨れた顔でべしべしするのをやめろ。

「酒でも呑《の》んだのか」

「あったら呑みたいよ、わたしは」

やさぐれてる……。

ぷーと膨れ面のまま机に突っ伏した。顔は伏せたまま、尋ねてきた。

「ねえ、諒くん。今日もお昼休みは……？」

「いつも通り物理室」

「……鳥越さんのこと、好きなの？」

「何でそうなるんだよ。訊くけど、伏見は同じ教室に居合わせるだけで、好きになれるのか？」

「それだけじゃ好きにならないけどさぁ……」

そりゃ、俺たちがいつもむかい合って昼飯を食ってるんならわかる。好きなのかも、と勘違いされても仕方ないと思う。

でもそうじゃない。

距離でいうと、机三列分くらいは離れている。話せるけど、無言になると気まずいって思うほど近くもない。

「諒くんの鈍感……空気をあえて読まないことができるのに、何でそういうところは……ああ、んもぉ……」

「何なんだよ、一体……」

今日はとくに、伏見がナメクジみたいにウジウジしている。

「飴《あめ》、食う？」

「諒くん……おやつを学校に持ってきちゃダメなんだよ?」

「フルーツだけど、何味がいい?」

「グレープ」

建前《たてまえ》としての注意だろうなと思ったら、やっぱりほしかったらしい。

鞄《かばん》の中に入っているフルーツ各種を取りそろえた飴の袋を取り出して、ひとつを伏見の机に置いた。

俺も一個口に放る。レモン味。伏見もひょい、と口に入れた。

「おいし」

「なー」

「休憩時間に全部食べるんだよ?」

「わかってるって」

ころころ、と口の中で飴玉を転がす。

「諒くんは、巨乳好きでしょ?」

「ぶっ!?」

飴玉、吹き出すかと思ったわ。

「何だよ、いきなり……」

「ちっちゃいのはダメなの?」

「ダメじゃない」

「そ、そうなの？」

うん？　声のトーンがちょっとだけ明るくなった。

「大きくても、小さくても、中くらいでもいいってことだ」

「てことは、誰《だれ》のでもいいってこと？」

あれ？　間違いじゃないけど、何で伏見は冷たい目を……？

これ、男子の真理だと思うんだけどな……。

授業を消化していき昼休みを迎えた。

「高森《たかもり》くん、行こう」

「え？」

席まで鳥越がやってきた。一年のときから今までこんなことなかったのに。

一緒に食べるっていう感じでもないから、わざわざ誘うこともしなかったのだ。

クラスが同じで、同じ物理室にむかうのであれば、一緒に行っても不思議じゃない……のか？

「ああ、うん……」

内心首をかしげながら用意をして席を立つと、伏見が捨てられた子犬みたいなつぶらな瞳で俺を見つめていた。

「……」

何か言いたげだったけど、言い出しそうにない。

ちらりと鳥越が、伏見のほうに目をやった。

目が合ったようだ。

伏見がぷるぷると頭を振って、ピシピシと頰《ほお》を自分で叩き立ち上がった。

「みんな、ごめんね。今日はわたし、諒くんと鳥越さんと一緒に過ごすから——」

さっきまでとは打って変わって、瞳に闘志のようなものが宿っている……ように見える。

その迫力に気圧《けお》されたのか、取り巻きたちはついてくるつもりはないようだった。

「諒くん、行こう」

「お、おい——」

手を摑《つか》まれ、ずんずんと力強く歩く伏見に俺は引っ張られながら歩いた。

楚々《そそ》と歩く鳥越が伏見の隣に並んだ。

「わたし、もう迷わないから」

「ふうん。そう」

ど、どうした二人とも。

この前の昼休憩と図書館で仲良くなったんじゃないのか——？

二人の間にある空気が、仲がいい女子のそれじゃない。はっきりとそれだけはわかる。

……な、何がどうなってんだ……？

㉝ 交差する思惑

物理室にやってきて、いつもの席に座ると、隣に伏見《ふしみ》がやってきた。

「諒《りょう》くん、今日はギャル弁当なんだ?」

「ああ。茉菜《まな》が最近作ってくれるから」

学校サボったりテストの点が悪いと作ってくれない。マジで母親みたいな妹だった。

あれもこれも、指示は全部母さんが出してるんだけど。

てくてく、と近づいてきた鳥越《とりごえ》が、俺《おれ》のむかいに座る。

「……空いてる?」

「うん。見ての通り」

無言で鳥越が弁当を広げて、伏見も同じ様子で昼食を食べはじめる。

……今日はどうしたんだ、二人とも。

仲悪いデーっていうイベントでもしてるのか?

「鳥越、今日はいつもの席じゃないんだな」

「うん」

それだけ言って、箸《はし》を進めていく。

「伏見も……いいのか？　いつも一緒にいるやつらは」

「緊急事態だから」

「へ、へえ……」

俺のが緊急事態だわ。

二人が、なんーにも話さないから、空気が重いったらない。

俺なりに気を遣って二人が好きそうな共通の話題を振るけど、全然食いつかない。

「……ケンカ中？」

思い至った結論はこれ。

昔の偉い人はこう言った——ケンカするほど仲がいい、と。

「そんなことならよかったんだけどね」

小さく息をついて、伏見は言う。

「事はそう単純じゃないんだよ、高森《たかもり》くん」

違うのか。

「だったら何だよ？　教えてくれよ」

伏見を見ても無反応。鳥越を窺《うかが》うと、箸を置いた。

「高森くん。放課後、話したいことがある」

びくん、と伏見が肩を震わせて、俺と鳥越を視線で何往復もさせた。

「放課後？　いいけど」

「じゃあ、教室にいて」

「今聞くよ」

「今話せないから言ってるんだよ」

「……それもそうか」

納得したものの、今話せないことって、何だ？

ふう、と呆《あき》れたように鳥越は頬杖《ほおづえ》をついて俺と伏見を見比べる。

「伏見さんって、高森くんの幼馴染《おさななじみ》なんだよね？」

俺が返事をするより早く伏見がうなずいた。

「そうだよ。一時的に距離があったときはあるけど、幼馴染で、小学校のころからずっと仲よかったんだから。ず、ずっと……今も……」

小声になりながら、伏見はどうにか答える。

ふうん、と鳥越は鼻を鳴らした。

どことなく嫌みで、伏見を煽《あお》るような雰囲気すらあった。

違和感がある。……鳥越ってこんなやつだっけ？

「漫画やアニメや映画で、主人公のそばにいつもいる子が、あとから出てきた子にどうして負けるのか知ってる?」

「少女漫画でも、よくあるね。最初から主人公のことが好きな男の子は、対抗馬ではあるけれど結局本命にはならない」

「うん。どうしてかっていうと、それはね、刺激的じゃないからなんだよ」

何か思い当たる節があるのか、伏見が押し黙った。

「付き合いが長いその子とは、だいたいのことを経験しちゃってるから、今さらそんなことをしたって、ドキドキしないいんだよ」

隣で伏見がうつむいた。鳥越が何か発する度に対抗心のようなものを燃やしていたけど、急速にそれがしぼんでいくようだった。

「昔からよく知ってるってことは、その子のことは知らなくてもいいってこと。でも、よく知らない子に好意を持てば、これから知っていきたくなる」

「……っ」

伏見が小さく息を呑《の》んだ。

二人の会話の意図はさっぱり見えないけど、鳥越が伏見を攻めているのだけはわかった。

「鳥越、よくわかんねえ話はやめろ」

「高森くんには話してないから」

「俺じゃないからやめろって言ってんだよ」

「ごめん……わたし、委員の仕事あるから」

がたん、と席を立った伏見が、そのまま物理室をあとにした。

出ていく背中を見送って、鳥越が長く息を吐き出した。

「もう……」

鳥越は言葉数が少ないから何を考えているのかわかりにくい。

でも今日は、いつにも増してわかりにくい。

「……放課後、ちゃんと待っててね」

「わかってるって」

「学級委員の仕事、行かなくていいの？」

「……昼休憩中にやる仕事なんてねえよ」

あるとすれば、授業をやる場所の確認やその準備くらいだ。

でも昼最初の授業は古典。教室以外では授業しないし資料を準備する必要もない。

「正論だと思うけど、キツかったかな……」

ぽつりと言って、鳥越は困ったように眉根《まゆね》を寄せた。

「ドキドキってそんなに必要？　俺はそうは思わないけど」

「だったら、そうだって言えばいいのに」

「何で？」

漫画の話だろ？

ピキーン、とついに俺は勘づいた。

「漫画の推しキャラの食い違いでケンカしてるのか！」

「全然違う」

ありそうっちゃありそう、なんだけど……違うのか。

「もお、ほんと、何で？　……全然違うし」

「二回も言うなよ」

ちょっと呆れ気味なの何でなんだよ。

伏見がどこかに行くと、鳥越もいつもの自分の席へと戻っていった。

そのあとは、静かに休憩時間を過ごすだけだった。

放課後、今日は伏見が学級日誌を書く番だったけど、授業が終わると早々に教室から出ていってしまった。

学級日誌は教室で書かないといけないってルールはないから、別の場所で書くつもりなんだろう。

いつもなら、適当にしゃべりながら教室で書くんだけど、話があるって鳥越が言っていたから、それに気を遣ってんのか？

後ろを振り返ると、鳥越は携帯をイジっていた。今すぐ話すってわけじゃないらしい。

部活に行く人は早々に教室を出て、そうじゃない人は放課後はどこで遊ぶか話し合ってから出ていく。会話が一〇分ほどで聞こえなくなり、教室は俺と鳥越だけになった。

椅子《いす》の背もたれを前にして、俺は後ろむきに座る。

「で、話って何？」

話しかけると、鳥越はイジっていた携帯を机に置いた。

「高森くんは自覚ないと思うけど、最近株が上がってるんだよ」

「……経済の話か」

「じゃなくて、高森くんの」

俺の、株？

「『伏見バフ』がどうたらってやつか」

「それもあると思うんだけど、陰口を言う松坂さんたちに怒ったでしょ」

ああ、あれか、テニスの大会に出ないからどうこう、っていう。

「それで、グッときた女子が結構いたみたい」

「何でそんなことわかるんだよ」

「グループチャットっていうものがこの世にはあってね」

「存在くらい知ってるわ！」

俺が誰《だれ》からも招待されなかっただけで。

「そのことが話題になって、好感度がグン、と上がって」

「へえ。めちゃくちゃ下がったと思ったけどな。あのあと、教室の空気最悪だったし」

「それはそれ、これはこれだよ」

よくわかんねえな、女子って。

「四月まで、高森くんと一番仲がいいのは私だと思ってた」

その認識に間違いはない。

教室の誰とも話さないけど、物理室のランチメイトとは、言葉を交わすことが多かった。

「伏見さんと幼馴染だってわかって……もしかしたら、一番は私じゃなかったんじゃないかって思うと……」

詰まりながら、「ええっと」とか、「だからぁ……」と鳥越は言葉を探している。

「嫌な気持ちになった」

まだ続けようとする鳥越を俺は待った。

「何でなんだろうって、考えた。自分でもそんなふうに感じるなんて意外だったから」

一番仲がいいと思っていた友達。でも、そうじゃなかった。

そんな場面を、俺は小中学校のときに、何度か経験したことがある。

寂《さび》しいような、悲しいような。クラスでは一番仲いいけど、そいつの友達全体では、俺は一番じゃなかったときの気持ち。

「寂しいとかじゃなくて、その気持ちはそれ以上だった。だから友達としての感情より、異性として思う感情のほうが強くて……」

ううぅ、と小さくうなって目を伏せた鳥越。

「……私は、高森くんが伏見さんと仲よくしているのが、嫌だったみたい。自分がどうあがいても勝てそうにない女の子が現れて、すごく、嫌だった」

逆に、俺はどうだっただろう。

二年になって、クラスが同じになった鳥越が、他の男子と仲よくしているのを見て、嫌な気分になっただろうか。

たぶん俺は、安心したかもしれない。鳥越、他にも話せるやつがいてよかったなって。

「どうして嫌なのかって考えたら、答えはひとつしかなくて……」

「うん」

「ようやく、気がついた。私は、高森くんのことが、好きなんだって」

34 過ごした時間の意味

タカモリクン？

「俺《おれ》？」

「そう」

……鳥越《とりごえ》が、こういう場面で冗談を言うやつではないことくらいわかる。

「お、俺？」

「……うん」

混乱してきた。

今までそんなふうに見たことがないから。

「そ、そうか……」

「うん」

こ、こういうとき、何て言えばいいんだ？

テンパって、まだ何を話せばいいのかわからない。

「そんなに困らないでよ」

鳥越は、優しい顔で苦笑した。

「わ、悪い。そういう話だと思ってなかったから」

「放課後残ってて言えば、多少は察しがつくと思うけど」

そ、そりゃそうだよな……。言われてみればそうなんだけど、思ってもみなかったから、不意打ちというかなんというか。

「ちょ、ちょっと待って」と、俺は一旦《いったん》時間をもらうことにした。

どうぞ、と鳥越は言って、悩む俺を見つめている。

たしかに、よく見れば美少女の鳥越。

物静かでクールっぽい雰囲気があるから、地味だと思われがちだけど、実はそうじゃない。

それを俺はよく知っているつもりだ。

付き合ったりなんかすれば、物理室にいるみたいに、居心地のいい時間になるんだろう。

無言でも差し支えなくて、最小限の言葉だけで意思疎通できて。

「……」

そこで、ふと、伏見《ふしみ》の顔が脳裏《のうり》をよぎった。

何でここで伏見なのか、よくわからないけど、茉菜《まな》や他の女子でもなかった。

静かな教室に、カタン、と物音が響いた。音のほうを思わず見ると、女子らしきシルエットが廊下を走っていった。

あれは――。

「もう……」

鳥越が独り言をつぶやくと、外を指差した。

「追いかけて。たぶん伏見さん」

「え」

「いいから！」

金切り声で叫ぶ鳥越に、一瞬呆気《あっけ》にとられた。

けど、頭の中で切羽詰まったその声が反響した。

急いで教室を走って出ていく。廊下。遠ざかる背中と揺れる黒髪。

言われた通り、追いかけた。

相変わらず速くて、俺なんかで捕まえられるのかと不安になったけど、それでも走った。

「伏見！」

何で教室の外に伏見がいたのか。気になって聞いてたのか？

「待てって！」

追いついて、何を話せばいい？

話題なんてないかもしれないけど、今はただこの幼馴染《おさななじみ》を捕まえる必要があった。

「っ……」

その背中が泣いていた。

バカみたいに走り回るせいで、屋上に繋《つな》がる階段まで来ちまった。

でもそこで行き止まり。屋上の扉は施錠されたままで、そこから外には出られなかった。

「……待てって……どんだけ走るんだよ、おまえ……」

こういうときって、すぐ捕まえられるもんなんじゃねえのか。

一〇分くらいは鬼ごっこしたぞ。

「来たことないから知らないだろ、優等生。屋上へは行けないんだぞ」

踊り場で俺に背をむけたままぐすり、と返事をする伏見。

俺は上がった息を整えるので精一杯だった。

「何で……来たの」

「おまえが逃げるからだろ。盗み聞きして……イイ趣味してるよ」

「それは……ごめん。聞いてたら、気になっちゃって……教室まで来ちゃった……」

聞いてたら?

伏見が目元を手で拭《ぬぐ》った。

「返事どうするの」

「………ああ、あれな」

俺はがしがしと頭をかいた。

「悪いけど、断るよ」

「どうして」

「わからない」

「何それ」

「そのことを考えると、真っ先に伏見のことが思い浮かんだ」

何でそうなるんだろう、と俺も不思議だった。

「鳥越のことを受け入れたとしたら、伏見とは、またただのクラスメイトみたいな距離感に戻るんじゃないかって気がした」

「別にそれでもいいじゃない。前からそうだったんだから」

「よくねえ」

言ってて、まだ自分でもよくわかっていなかった。

ただ、泣いてるその背中を放っておくことはできなかった。

「俺の隣は、伏見が一番収まりがいいんだ」

ぐすり、とまた鼻を鳴らして、肩を震わせた。

「他の誰《だれ》かじゃなくて、伏見なんだ」

くるりとこっちを伏見がようやく振りむいた。

くしゃくしゃの泣き顔で、学校のプリンセスとは程遠い表情だった。

「そんなの、わたしも、だよ」

たった、と走って、伏見が数段上の階段から俺のほうへ飛び降りてきた。

ガシッ、と抱きしめる――。

なんてことができたらよかったけど、棒立ちの俺は勢い余って真後ろに倒れ、ゴチン、と廊下で強《したた》かに頭を打った。

「い、いてえ……！」

「ご、ごめん……つい。嬉《うれ》しくて」

俺の上に乗る伏見。睫《まつ》毛《げ》を涙で濡《ぬ》らして、目元は赤くなっていた。

「ひでえ顔」

「誰のせいだと思ってるの……」

ピコン、と俺の携帯にメッセージが入った。

見てみると鳥越からだった。

『帰るね。返事はもういいよ。大丈夫』

「鳥越？」

「諒《りょう》くん、実はね……」

◆鳥越静香《しずか》◆

『帰るね。返事はもういいよ。大丈夫』

高森《たかもり》くんにメッセージを送って、机に突っ伏した。

「本当に、世話が焼ける二人……」

全然思い通りに動いてくれない伏見さんと、自分のことになると何も察することができない高森くんには、困らされた。

放課後になり、伏見さんに電話をかける。それはそのままにして、高森くんと話をする。伏見さんには全部聞いてもらっていた。

通話を切らなかったせいで、間接的にフラれてしまったわけだけど。

鞄《かばん》を持って席を立ち、学校をあとにする。

「結果はわかってた」

あの二人がお互い想《おも》い合っていることくらい、見ていればわかる。

でも、それはよく見ていればこそ。

そう思わない女子はたくさんいる。

高森くんのことは好き。話してみて伏見さんのことも好きになった。

だから、高森くんが他の女子に獲られるぞ、と警鐘を鳴らしてあげたかった。

私が宣戦布告することで、伏見さんを急《せ》かして、二人をくっつけようと思っていた。

……高森くんの相手は、非の打ちどころのない伏見さんがいい。

他の女子じゃ、納得いかないから。

私のエゴで、二人を振り回してしまったことは、素直に謝りたい。

「でも、はっきりしない二人も悪いんだから」

高森くんから、伏見さんへの想いを引き出そうと思ったのに、彼女が我慢しきれずにすぐそばに来ていたのは予想外だった。

「高森くんが考えている間に、耐えられなかったんだろうね」

……耐えられなかったのは、私も同じだった。

毎日毎日、チクチク、チクチク。

前の席にいる二人の様子を見ていると、針で胸を突かれている気分になった。

どうせ、想い合っているのであれば、はっきりしてほしかった。

高森くんとは、私が一番仲がいい。一緒にいて、居心地がいい。それはたぶんむこうも同じで……だから、もしかしたら――。

そんなふうに思わないでもなかった。

誰もいない公園を見つけて、ベンチに座る。

「結果なんてわかってたけど」

もう一度同じ言葉を繰り返す。

もしかしたら――なんて思う時点で、わかってなんていないのだ。

伏見さんを急かすだけのつもりだったのに、きっと焦《あせ》ってたのは、私のほうだった。

『少女漫画でもよくあるね。最初から主人公のことが好きな男の子は、当て抗馬でしかなくて、結局本命にはならない』

本当にその通りだった。

一年生のときからずっと高森くんのことを知っている私は、突如出現した強力なヒロインに、『隣の席』をあっさり奪われてしまったのだ。

『幼馴染』を皮肉るそのセリフは、私には深く刺さった。

鼻の奥がツンとして、口の中が熱を持つ。視界がどんどん不透明になっていった。喉《のど》の奥が震えて、吐き出した息もどこか弱々しい。

「泣くな」って頭の中に聞こえていた声が、どんどん小さくなっていく。

「……もっと早く好きだって気づけばよかった」

結果はわかってたけど、やっぱりつらい。

㉟ 恋敵で趣味友

「何て言ってあげたらいいんだろう……」

帰り道、伏見《ふしみ》はつま先を見つめながらぽつりとこぼした。

俺《おれ》と伏見が教室に戻ったころには、もう鳥越《とりごえ》はいなかった。

俺は伏見から事の次第を教えてもらった。

どうやら、俺と伏見の気持ちを確認させるために鳥越が仕掛けたことらしい。

「仲を取り持つようなことをしてくれたけど、きっちりきっかり諒《りょう》くんのこと好きだったと思うけどなぁー？」

伏見は膨れっ面で隣の俺を横目に見る。

「矛盾してない？　そうだったら、そんな真似《まね》しないだろ」

「諒くんが考えるよりも、乙女の気持ちは複雑なんだよ」

そうなのか？　と俺は首を捻《ひね》る。

隣にいるのは、お互いが一番だとさっき確認した俺たち。

ライクなのかラブなのか、まだわかっていない部分がある。

真剣に考えれば考えるほど、どんどん難しくなっていった。

そのことを素直に伝えると、伏見はそれでいいと言ってくれた。

「しばらく、俺は物理室に行かないほうがいいのかな」

「それは……ううん……どうだろう？　これまで通りに接したほうがいいような気もするし、気を遣って行かないほうがいいような気もする……」

「なんだよ、乙女の気持ち代弁者さんは頼りねえな」

「そんなこと言ったって、個人それぞれの話なんだからわかんないよ！」

おちょくったら半ギレになった。

はっきりと鳥越に返答をしたわけじゃないけど、何かを察したような雰囲気があった。

まあ、告白のシーンで他の女子を追いかけるような男子だもんなぁ……。

呆《あき》れられたのかもしれない。

でも、追いかけろって言ったのは鳥越で……。

「あ、じゃあ、中途半端《ちゅうとはんぱ》に二人きりじゃなく、改めて三人で昼飯……っていうのは」

「い、いいのかな……？　もう、わかんなくなってきた」

もう直接訊いてみるか。携帯をポケットから出してメッセージを入力していく。

「諒くん、何してるの？」

「どうしたいか鳥越に訊いてる」

「ちょっと、この鬼っ！　何でそんなデリカシーがないことを――」

プンスコと怒った伏見が、べしべしと叩《たた》いてくる。

ピコンとすぐ返信があった。

『いつも通りだと嬉《うれ》しいかな』

「……だってよ」

「……そ、そっか。それならいいんだけど」

またさらに鳥越からメッセージが届いた。

『これからも、伏見さんとも仲良くしたい』

「だってよ」

「と、鳥越さん……っ」

俺の携帯のディスプレイを見て、伏見が泣きそうになっていた。

「仲良くなれそうでよかったな」

「うん」

さすがに昨日の今日だと気を遣うから――と、伏見は一週間ほどほとぼりが冷めるのを待つつもりでいるらしい。

「『ほとぼり明け』には、オススメの小説、いっぱい持っていこ……！」

どれにしようかなー、と伏見は指を折って楽しそうな独り言をこぼした。

伏見を送り届けて、帰宅する。

今回の件で骨を折ってくれた鳥越に、改めてお礼をしようと俺は電話をかけた。

「よ」

『何？』

「手間かけさせたみたいで、悪かったな。それとありがとう」

『ううん。二人がじれったいから。ちょっと背中を押しただけ』

伏見の観察眼では、鳥越は俺のことがきちんと好きらしいけど、耳に聞こえる声音《こわね》はいつも通りの声だった。

やっぱり、ただ俺や伏見を煽《あお》るために一芝居打っただけなんじゃないのか。

『付き合うんでしょ？』

「うん？　いや、そういう話は……まだで……」

『……何してるの、伏見さん』

「あれ、え、俺じゃなくて伏見を責めるんだ」

『そのために私は頑張ったのに。高森《たかもり》くんが鈍感クソぼっちだからってまだ安心してるんじゃ――』

「俺もついでにディスっていくのか」

『伏見さんに好意を打ち明けられたことすらないの？』

そういうのは…………あれ？

学校サボって海行ったとき……？　あれって、やっぱり俺のこと……？

『思い当たる節あるんでしょ。クソ鈍感』

「なんか、俺への風当たりキツくないですか、鳥越さん」

『いいでしょ、これくらい。許されるよ』

誰《だれ》にだよ。

「伏見は真面目《まじめ》だから、ちっちゃい頃に交わした約束を守ってて……それに今も引きずられてるんじゃないのかって……」

『好意を伝えることが、どれだけパワーが要るのかわかってないくせに。昔の約束がどうだなんて、そんなペラい恋心じゃないはずだよ、伏見さんは』

そうなのか？

俺はずっと学校一の美少女である伏見が、俺のことなんか好きなわけがないと思っていたし、そんな素振《そぶ》りがあっても、約束を守ろうとしてるから、本心じゃないじゃないってずっと思っていた。

でも、鳥越曰《いわ》く、そんなレベルではないと。

『もし、約束がどうとか口にしてたとしたら、きっと建前《たてまえ》だよ。本心や本能の部分では間違いなく大好きなんだから』

だ、大好き……。

そんなふうに言われると、照れる。

ふ、伏見、おまえやっぱりそうなのか——。

「にーに、何ニヤついてんの？」

「うおわぁあ⁉」

飛び上がった俺は、あとずさって扉を背にした。

茉菜《まな》が不思議そうな目をしている。

そういや、ここ、まだ玄関だったな。

「な、何でもねえよ」

「ふうん？」

受話器越しに、『ふふ、あはは』と鳥越の声が聞こえてきた。

茉菜とのやりとりが聞こえて、状況がなんとなくわかったらしい。

鞄《かばん》を持って、そそくさと自分の部屋に入る。

ひとしきり笑った鳥越に、昼休憩の確認をして、俺は通話を終えた。

伏見が言うところの『ほとぼり明け』にあたる翌週の昼休憩。

学級委員コンビは、まだ席にいる鳥越のところへむかった。

「鳥越さん、物理室、行こう」

一瞬、意外そうに目を丸くした鳥越は、伏見の後ろで俺がニヤついているのを見て、小さく苦笑した。

「え？　あ、うん」

「……誘ってくれて、ありがとう」

それを聞いた伏見が、にへへ、と笑った。

その手には、紙袋。朝訊いたら、伏見セレクトの二〇冊の小説が入っているらしかった。

『ガチよりのガチセレクトだから』と今朝《けさ》の登校中にガチ面で語っていた。

自信満々のラインナップで鳥越にプレゼンするようだ。

「それどうしたの？」と紙袋のことを尋ねる鳥越の質問を呼び水にして、物理室までに我慢しきれなくなった伏見が、堰を切ったように話しはじめた。

「伏見姫奈《ひな》セレクト……！　厳選二〇冊……！」

「いいね。二〇冊は、ラインナップにセンスが問われる」

「んんんんんそおっ！」

テンション高めの伏見は、「鳥越さんはわかってる女」みたいな顔で興奮気味で話し、鳥越は静かにうなずきながら「わかる、うん、わかるよ」って顔をしていた。

「伏見さん、それ、私も持ってる」

「か、被《かぶ》ったっ！　――ナイスセンス！」

「ナイスセンス」

オススメ作品を読んだことがあったり、すでに持っている場合は、そうやってお互いを褒め合っていた。

静と動、陰《いん》と陽《よう》みたいで、なかなかいいコンビなのかもしれない。

ただ、しばらくこの三人でいると、俺は蚊帳《かや》の外に置かれるんだろうなというのはわかった。

まあ、二人が楽しそうだから別にいいか。

教室ではお互い見せない表情で語り合う二人。

「……やっぱり、私の選択に間違いはなかった」

こそっと言った独り言が、俺にはかすかに聞こえていた。

そのときの鳥越の笑顔はとても印象的だった。

36 オススメの小説

「高森《たかもり》くんって、本読んだりする？」

涼《りょう》くんがトイレか何かで席を外すと、鳥越《とりごえ》さんはそう訊《き》いてきた。

「本……読むかなぁ……」

あまり読んでいる姿を見たことがないし、想像もつかない。

「どうして？」

「鈍感具合がヤバいでしょ、高森くんって」

「間違いない」

「だから、小説から乙女の恋心というやつを知ったらいいんじゃないかなって」

「あー。それいいかも！」

幼馴染《おさななじみ》が出てくる小説、何かあったっけ？

ううん、と考えていると、鳥越さんがタイトルをひとつ口にした。

「あの作品は、片想《かたおも》い女子の心理描写がよくできているから、すごく参考になると思う」

「えー。それって……」

わたしは鳥越さんに不審げな眼差《まなざ》しを送る。

「何？」

その作品を選んだことに他意はないようで、わたしの反応に、不思議そうに首をかしげた。

「それ、主人公の男子高生が地味なクラスメイトと付き合って妊娠させる話でしょ」

ジャンルでいうと純文学。年齢やそれぞれの愛の形を上手《うま》く表現した、とてもいい作品なのはわたしも知るところ。

でも。

描写が過激で、とくに……ベッドシーンとか。

「……」

すっと鳥越さんは視線をそらした。

さてはわかってて提案したな？

小説を通じて諒くんに何かを刷り込ませる気だったんじゃ――!?

「そうだっけ？」

とぼけてきた!?

おほん、とわたしはひとつ咳払《せきばら》いをする。

「諒くんに乙女心を知ってもらおうっていうのは大いに賛成だけど、深層心理にするりと入り込もうとする回りくどい手段はちょっと」

「何のこと?」

徹底してとぼける気だ……!

「それに。諒くんが小説を読むなんて想像できないし」

「もしかするとハマるかもしれないよ。私が興味をそそるプレゼンをして読んでもらう」

「ちょ。あんなエロ小説、諒くんに読ませようとしないでよ!」

「ふうん。伏見《ふしみ》さんは、あの作品をエロ小説って思ってるんだ?」

わかってる……。重々承知している。エッチなシーンがあってそこが過激っていうことを除《のぞ》けば、かなりの名作の部類に入るってことくらい。

伏見さん全然わかってないね、とでも言いたげに、鳥越さんは愛好家特有のふんわりとした上から目線な態度をとっている。

わたしが引っかかっているのは、ベッドシーンの描写もそうだけど、クラスの地味女子と一度だけ愛し合った結果、妊娠させるっていうストーリー展開だ。

「重なる……重なる……!」

「伏見さんは、高森くんのお母さんってわけじゃないでしょ。じゃあ、私が何をオススメしてもよくない?」

「そうだけどさぁ……」

鳥越さん、絶対自分と諒くんの関係に当てはまりそうな作品を選んでる。

乙女の恋心を知ってもらうっていう本来の目的にも沿っているので、微妙に反論しにくい。

「まあ、オススメしてもきっと読まないと思うけどね」

わたしはそう言ってこの議論の白旗を振った。


数日後の朝。

登校中に、その話になった。

「ああ。あれな。面白《おもしろ》いから読めって言われて、鳥越に借りてる」

「そうなんだ」

面白いのはたしかだから、否定《ひてい》的な意見も言いにくい。

一五〇ページほどの薄い文庫本を鞄《かばん》から取り出した諒くんは、ぱらぱらとめくった。

「読んだの？」

「一応全部」

そうなんだ……。

「でも、難しい漢字や難しい言い回しが多くて、さっぱりだった」

「へー！　そっか、そっか！」

「……なんか嬉《うれ》しそうだな？」

「ううん、全然。諒くんにはちょっと早かったんだね！」

なんだよ、それ、と諒くんは不満げだった。今度はわたしが、幼馴染が一途で超可愛《かわい》い漫画をプレゼンすることにしよう。

シノ　ねーねー。しーちゃん

シノ　この前言ってた恋バナどうなったのん??

シノ　見込みなさそうだから友情を取る的なやつ

あのあと、どっちとも良好。
男子のほうは相変わらずだけど、
女子のほうとは仲良くなったよ　しー

シノ　よかったね。私の知ってる人？

かも。その二人、シノと中学一緒だし　しー

シノ　うそ。誰誰？

伏見姫奈さん　しー

シノ　プリンセスだ

やっぱりどこでもプリンセスって呼ばれるんだ　しー

シノ
姫相手じゃ分が悪いもんねー

しー
そういうわけじゃないけど、
伏見さんのこと、私も好きだから。
だからその人を任せてもいいかなって

シノ
しーちゃんは、大人ですなw

しー
そう？w

シノ
で、男子は？

シノ
これ重要

シノ
名前聞けば、中学のクラスが違ってても
多少はわかるはず！

シノ
美人のしーちゃんが選んだ男とは、果たして

しー
テンション高いw

しー
別に美人じゃないし

しー
男子は、高森諒くんって人

しー
わかる？

シノ
そっか、タカリョーかー

しー
知ってるの？

シノ
タカリョーと姫奈ちゃんって付き合ってる？

しー
本人たち曰く、付き合ってないって言うけど、
客観的には完全に付き合ってる

しー
ように見える

シノ
やっぱ思うんだけど

シノ
私も、蓮見高行けばよかったなぁって

しー
今さらだね

しー
高森くんってタカリョーって呼ばれてたんだ

シノ
そだよ

シノ
ま、そう呼んでたの私だけだけど

いいセンスしてるってことは、仲良かったの？ しー

その、タカリョーと しー

シノ よかったよ😁

そうなんだ しー

シノ うん。だって、付き合ってたから

あとがき

はじめまして。ケンノジです。
「高2にタイムリープした俺《おれ》が、当時好きだった先生に告った結果」に続いて、2作目のラブコメとなります。今作もGA文庫様にお世話になります。
新作の刊行はほぼ1年ぶりとなりますが、毎回毎回新作を出すときはそわそわしますし、あれこれ考えて眠れない日があったりなかったりします。

前回はかなり甘～いラブコメで、ラブ成分9割以上の糖分過多なテイストでしたが、今作は恋愛小説に近いラブコメです。同じラブコメでもまた少し味付けが変わっていますので、気になる方は「高2にタイムリープ～」も是非読んでみて下さい。

ケンノジは、ラブコメだけでなく異世界ファンタジーも書いております。
・「外れスキル『影が薄い』を持つギルド職員が、実は伝説の暗殺者」
・「チート薬師のスローライフ」など。

この作者の異世界ものを読んでみたい！　と思われた方はどちらも面白《おもしろ》いので是非読んでみて下さい。それぞれ好評発売中です！


今作も刊行にあたり、様々な方のお世話になりました。

そういった方々のおかげでこうして著作を出せているので、感謝しかありません。

あとは売れたら万々歳。読者様はもちろん、制作関係者様、販売関係者様、色んな人を幸せにできる作品になったらいいなと思います。


まずは、本作を読んで下さった読者様、ありがとうございます。

次巻も是非ご期待ください。

ファンレター、作品の
ご感想をお待ちしています

〈あて先〉

〒106－0032
東京都港区六本木2－4－5
SBクリエイティブ（株）
GA文庫編集部 気付

「ケンノジ先生」係
「フライ先生」係

本書に関するご意見・ご感想は
右のQRコードよりお寄せください。

※アクセスの際や登録時に発生する通信費等はご負担ください。

https://ga.sbcr.jp/

痴漢《ちかん》されそうになっている
S級美少女《エスきゅうびしょうじょ》を助《たす》けたら
隣《となり》の席《せき》の幼馴染《おさななじみ》だった

発　行　　2020年2月29日　初版第一刷発行
　　　　　2020年10月30日　　第五刷発行

著　者　　ケンノジ

発行人　　小川　淳

発行所　　SBクリエイティブ株式会社
〒106−0032
東京都港区六本木2−4−5
電話　03−5549−1201
　　　03−5549−1167(編集)

装　丁　　木村デザイン・ラボ

印刷・製本　中央精版印刷株式会社

ISBN978-4-8156-0420-2
Printed in Japan　　GA 文庫

試読版は
こちら!